U0146603

老派約會之必要。

Author
WEI-JING LEE

李 維菁

王健壯　很少有作家讓人這麼迷，似懂非懂地迷，真假難辨地迷，若即若離地迷，欲語還休地迷，悲喜交織地迷。

紀蔚然　維菁的文字像一把軟刃，使來曲伸自如，力道所在卻是有殺傷力的。

陳芳明　快，狠，準，是李維菁擅長的手法，把讀者帶到劍及履及的現場，感受她銳利的感覺與情緒。

陳慧嶠　這部小小說、小小詩、小小人，蘊藏著所有——你能要、你能想、你能知，或你不要、你不想、你不知的——底層的深黝的綿密的渴望；像是那首曠世經典的藍調搖滾〈Black Magic Woman〉。

楊　澤　忘了誰說的，浪漫的過來人會一輩子帶著那印記。這其實是本充滿強烈夢幻感的記憶之書，像東北角的奇石怪崖，說：沒有很愛很愛，就不要愛……

駱以軍　有時我想李維菁的故事幻術能同時贈與暗黑與光燄、懷念與怨恨、溫暖與冰冷、疾速飛行與空鏡的沉靜，是因她以鍊金術的自覺看待小說這件苦行，這是一本像「第五元素」那樣可以召喚整個宇宙的書。

劉克襄　別人旅行都會帶伴，她只帶著自己。從年輕時迄今，都在這樣傷魂的情境裡打轉。

老派愛情的輓歌

楊照

李維菁極聰明，聰明到不適合做個記者。笨人當然也幹不成好記者，不過記者需要的，畢竟是一種對於人家在想什麼、為什麼這樣想的強烈好奇，而不是像李維菁這樣的冰雪聰明。

李維菁自己明白：多年擔任藝文記者，為的主要是藝文，不是記者工作。她會一出手寫「少女學」，寫《我是許涼涼》，立即獲致令人驚艷的成績，那是因為她骨子裡，早就藏著寫小說的天性。

很難想像，讀過李維菁的小說，誰還敢接受她採訪，至少我不敢，也很慶幸我不需要。她一面聽你回答問題，心底必然一下子就一層層看透了你之所以這樣說，背後的顯意識、潛意識轉著什麼念頭。更可怕的是，她具備充沛的想像力，亮亮的眼睛盯著，不言可喻正在給自己編織著你的人生，而且若是她願意說，你八成會聽得背脊發涼，倒不是說她真有如巫婆般揭示隱藏命運祕密的本事，而是她的想像會和你的人生現實產生特殊的呼應關連，誇張、戲劇性地凸顯了你不得不驚怵承認的某種悲哀、某種天真、某種不堪。

是的，悲哀、天真與不堪，三者之間的複雜連結，是李維菁小說中彰示的獨特視野，也是她對都會環境的尖刻洞見。更特別的，李維菁的視野與洞見，從來不會只是拿來分析、描繪別人的，而是靈巧地在人我之間反覆穿梭來回，因而她的小說和她的散文沒有那種明確的主客觀感受界線，給人相當類似、一致的閱讀印象。

被選為書名的〈老派約會之必要〉，既是小說，也是散文。裡面當然展現了一份懷舊的天真，然而那以「必要」出之的口氣，卻巧妙地表達了其他意味——視之為小說，是嘲諷；視之為散文，則是無奈的自我解嘲。在表面充滿期待希望文字背後，始終隱現閃爍著對應現實的不堪及明知期待希望之空洞無根的悲哀。

用了諸多浪漫愛情套語，李維菁寫的卻是浪漫愛情冷酷的都會變形。今天的都會很顯然不再是，至少不完全是，現代主義試圖捕捉、刻劃的那種變形方式了。不是因為都市生活太過忙碌、擁擠、疏離，而帶來人際虛偽與空洞。今天的都會最大的問題是：人活在太多太飽滿的資訊裡，不管願不願意，每個人身上就是有著太多從外面吸收進來的影視經驗，被這些經過廣告、影劇強化過的形象，影響、干擾了實際自我感受。在一個意義上，李維菁寫的，正就是「老派愛情的終極輓歌」。那種和對面這個人，老老實實、確確實實談戀愛的可能性，徹底消失了。

現代都會男女，無法不透過各種訊息中介，單純、直接感受愛情，感受自己可能的愛情對象。在愛情有任何機會開始之前，已經先有了許多年愛情戲劇性的反覆洗禮。進入各種關係，尤其是愛情關係，人不由自主地都帶著多重多焦心靈之鏡，回看自己也前看對方。

社會上流行什麼，都在我們的心靈之鏡上多加一層屈光，或多一個焦點，因而我們看到的自己、對方與關係本身，隨時變動不居；變化的核心力量，根本不再是兩人中的哪一個，而是無所不在包圍他們的社會流行訊息。

這種情況發展好些年了，至今我們才等到李維菁找到一種狡獪而冷酷，甚至帶些兇殘的筆法來寫這樣的新時代愛情。透過李維菁的書寫，我們意識到了：是的，唯有藉這份狡獪、冷酷與兇殘，才能刺穿累積堆疊的符號、影像、藉口、逃避、自我欺瞞，於是弔詭地，狡獪、冷酷與兇殘反而是通往誠實，保留一點真切溫暖，迂迴卻最有效的路徑。

從《我是許涼涼》到《老派約會之必要》，沒有人會懷疑李維菁寫出自成一格小說的能力，啟人疑竇的反而是：為什麼要花這麼久的時間，聰明的李維菁才終於認清了自己最適合扮演的角色呢？

Preface 老派愛情的輓歌－楊照 004

輯一 小小說——

Part 1

Track 01-24

正室臉與小三臉 014
死了都要唱 019
相親 022
嬰靈 025
密室非情殺事件 029
藝術家的妻子 033
和尚 037
婊子 040
瑪莉先生 044
幻想的家人 047
假期 050
小型犬女人 053
MSN是萬惡淵藪 058
水波紋 062
焦慮這件事 066
痣 069
外星人 073
與吸血鬼相愛 077
紅髮女生 080
同學會 085
天使在唱歌 090
母貓與大叔 094
La Dolce Vita 098
夢外之夢 104

輯二

小小詩——

Part 2

Track 25-36

濕濕的 112

老派約會之必要 118

一週和未來的一週 124

整個四月 130

關於五月 136

小小六月 143

你就是他愛的那個人嗎 149

曼珠沙華 154

你不是我的菜 159

米榭兒，我會愛你一萬年 165

歇斯底里患者的犯罪告白 171

十年 177

輯三

小小人——

Part 3

Track 37-56

姊弟 184

貓額頭 189

物質的美好 193

說話 197

主詞的使用 204

蓬門碧玉紅顏淚 208

隨身攜帶自己的小世界 212

威尼斯老頭 215

瓦莉 218

生物距離 221

廁所 224

鋼琴老師 229

藝術史之誠實課程 233

小棉被 236

第一次 240

離家出走 243

前女友 247

怕狗 251

Lane 86 255

我想我明白你意思了 259

我們之間多麼甜美

小小說

Part I

Track 01-24

正室臉與小三臉

Track 01

你長了一張正室臉還是小三臉？

什麼？那群熟女生問我，不就是正室跟小三嗎？我跟一桌貴婦及偽貴婦坐著，只有我單身，換句話說，我坐在一群正室中間。我們年紀相仿，多年朋友，過了某一年紀，以前彼此討厭的女生也會彼此憐惜。

我說的是外表。有的正室長了小三臉，小三長了正室臉。

像是，一位嫁給有憂鬱眼神的影帝、剛得到影后的女星，正室沒錯，但怎樣看都覺得有張小三臉。百貨時尚名媛，出身有錢，又早早嫁入有錢人家生了孩子，宛如台灣好命女性樣板，但那臉蛋眼神明明小三氣極重。還有，你一定知道的，穩當的小三有張溫柔婉約的正室臉。

所有的正室都突然沉默了下來。

有張性格美輪廓深的臉、開了設計公司的小琪說：「我是正室臉，絕對沒錯。」

她說：「很簡單，瓜子臉是小三臉，大餅臉是正室臉。」

蘭兒是貴婦，可她看起來一點也不符合人們對貴婦的期待。她住在我一生不吃不喝也買不起的高級地段，老公每天忙碌，她專職伺候小孩，不願太常出門與朋友聊天浪費時間，從年輕就不把錢花在花俏衣物，總穿樸實的休閒服。蘭兒說：「我一定是正室啊……」

她老覺得自己不好看，她覺得小三會放電，耍手段。

從小愛漂亮並且覺得自己漂亮的迪迪，一心想當貴婦，打扮得最像貴婦，嫁得平順，想得不多，連煩惱都單純，但充滿自信，對腦子與外表都如此。

她覺得自己是看起來最像貴婦的上班族婦女，是委屈也還是自信。她有優美的胸腰臀，勤作保養與雷射。

「一看就知道我是正室啊……」她撩了撩剪得層次細緻的長髮：「沒辦法啊，我老公只是過得去，可是，我長得就是會讓人誤會啊，我同事都說我看起來就是貴婦，就是那種在家裡頭養尊處優，有傭人伺候，誰懂得我的辛苦啊，誰叫我長得就是這樣哪！」

只有身為時尚主編的南南，老公經商，明明是正室，她穩重但小小聲地說：「我想，我有一張小三臉。」

她的話引起其他正室不悅，因為身為正室就要理直氣壯，而這位正室卻政治不正確地覺得自己有小三臉。這代表，她的認同有問題。

我默默看著她，一個正室說自己長了小三臉，只有一個原因，她吃過感情的苦。

我坐在這群正室裡，有種倉皇。年輕時我太驕傲，現在，她們都結了婚，我仍然單身，我的驕傲變得不那樣刺眼。當她們聊著老公孩子，我識相地閉嘴點頭。我也不知道自己哪裡出了問題，朋友或早或晚成了正室，我一個人盪來盪去。

我也不免想，我的臉是不是造成了什麼錯覺，她們是怎麼看我的呢？

「我……」才開口就知道不智的提問一定會招來不妙的回答。

小琪彷彿心電感應似地，指著我：「你，小三臉。」她張開手掌比劃著我的臉：「顯然你不是大餅臉。」

虛榮心與挫折感交替如同海浪包圍著我。

蘭兒咯咯地笑，上下打量著：「嗯，是張小三臉，你敢說你不會放電嗎？」

虛榮心與挫折感再度混合在一起。

南南揪著我，回頭對這批正室嚴正地說：「她不是小三臉。」

「她的不給碰從裡到外十分堅固地成為氣質了，偶爾漏電也不可能有人真以為她可以碰，怎麼可能是小三？」

南南說：「既然不能歸到小三，就只能歸到正室這掛了。」

虛榮心與挫折感繼續交替發作，只是這一次我有點想哭了。

「屁！她怎麼可能是小三臉！」迪迪突然站起來指著我，態勢之猛烈使我不免懷疑之中有沒有恨意，她啪啪啪炸了起來：「她的問題是額頭上寫了聰明兩個字。有哪個正常男人會找額頭上寫著聰明的女人當小三？誰會給自己找麻煩，搞不定又甩不了！不—可—能！」

我太要臉，硬是要逗她：「所以是正室臉？」

「你也不可能正室臉！」迪迪繼續掃射全場，意氣風發權威十足：「正常男人不找聰明女人當小三，又怎麼會找聰明女人當正室？」

我真的很聰明：「那就是非常聰明的男人，比正常男人聰明的？」

「你真是見鬼了！」迪迪的臉蛋因演說激動而泛紅：「連正常男人都不想要聰明女人，非常聰明的男人又怎麼會要聰明女人！你就這樣吧你！」

她的激動讓整場陷入尷尬，不知是誰乾乾地試著大笑來解圍。

突然之間，金黃天光降臨籠罩了我，剛剛那一陣輪流襲擊的虛榮心與挫折感都消失了，一股溫暖的神啟從我的腳底竄升到腦子。我往後靠向椅背，帶著嶄新的覺醒與趣味，盯著眼前漂亮的臉及那背後專屬於女孩的、我從小就搞不清楚是複雜還是單純的整坨東西，瞇起了眼，綻開了笑容。

這就是正室腦吧。

死了都要唱

Track 02

狂唱幾小時後的ＫＴＶ小包廂裡，我看到的不是用盡氣力後的昏亂疲乏，而是一種幾近屠殺過後的恍惚。暴怒癲狂之後的狂喜，狂喜之後的恍惚，恍惚之後的踰越。一種宗教與藥物才能帶來的出神。

每當一陣子沉寂後，身邊的女孩失戀或男孩低潮無望，我們使使眼色有默契地說：「該唱歌了吧。」然後開始一整夜在ＫＴＶ包廂中的聲嘶力竭，痛徹心扉。

流行歌曲最有趣的是，每一首歌都不能完全描繪你的遭遇，但每一首歌都可以讓人投射大分量情緒認同。方便也快速的，這是一種情感上的放血與刮痧。那些沒人能了解的孤單，遭到背叛的痛楚，人生沒有明天的絕境，再努力也無法百尺竿頭更進一步的窩囊。那流行歌，神奇地，在差異中找到一個情緒上的最大公約數。

於是，那些硬撐與面子，在狂亂之中解放崩潰，唱到淚眼婆娑。一個哭了，傳染病一樣地，一個接著一個，哭了，叫了，喊了。在啤酒、旋律與歌詞中，有著不同悲傷的人，流著相似的眼淚，臉上產生類似的表情，我一度以為每人懷的是同樣的痛苦，那面目如此相像。

吶喊到天亮，吸血鬼躲太陽，我們躲回被窩，有某種虛脫後的安定。

我知道社會學家怎麼說的。詹明信、阿多諾、布希亞這些研究大眾文化的老頭，他們批評流行音樂，說這是快速廉價的催眠，鼓勵人們求同，阻絕求異。流行歌曲將思想與情感化約成快速可歸類的商品抽屜，阻絕人們往內探究，防止人們深化彼此差異，因此人們無法發展自我獨特的認知，無從建構生命的意義。這些流行歌曲，終究是要人們化約成同一個面目，乃至於我們都成為符合消費陰謀的弱智團塊。

他們批判的，我都懂。但我為什麼要抗拒？我為什麼要抗拒成為弱智團塊的一部分？求異了以後，人生怎麼過下去？

流行歌曲向我們揭示的是重要生存法則——千萬不要把自己的生活困境，放到宗教或哲學的命題上思考。

不過是小小的失戀，不過是小小的失業，不過是小小的無力。所有人都怕你發現，這些小小的失戀失業與無力，正是宗教與哲學的命題；這些小小的挫敗，指涉的是真正的絕望，那是生活毫無意義的一再重複，那是面對侷限無計可施的徬徨，那是明天跟今天不會有什麼

讀者服務卡

您買的書是：______________________________

生日：　　年　　月　　日

學歷：□國中　□高中　□大專　□研究所（含以上）

職業：□學生　□軍警公教　□服務業

□工　□商　□大衆傳播

□SOHO族　□學生　□其他 ______________

購書方式：□門市_____書店　□網路書店　□親友贈送　□其他 _____

購書原因：□題材吸引　□價格實在　□力挺作者　□設計新穎

□就愛印刻　□其他 ______________（可複選）

購買日期：_______年_______月_______日

你從哪裡得知本書：□書店　□報紙　□雜誌　□網路　□親友介紹

□DM傳單　□廣播　□電視　□其他

你對本書的評價：（請填代號　1.非常滿意　2.滿意　3.普通　4.不滿意）

書名_____　內容_____封面設計_____版面設計_____

讀完本書後您覺得：

1.□非常喜歡　2.□喜歡　3.□普通　4.□不喜歡　5.□非常不喜歡

您對於本書建議：

感謝您的惠顧，為了提供更好的服務，請填妥各欄資料，將讀者服務卡直接寄回或傳真本社，我們將隨時提供最新的出版、活動等相關訊息。

讀者服務專線：（02）2228-1626　讀者傳真專線：（02）2228-1598

廣　告　回　信
板橋郵局登記證
板橋廣字第83號
免　貼　郵　票

舒讀網「碼」上看

235-53

新北市中和區建一路249號8樓

印刻文學生活雜誌出版有限公司　收

讀者服務部

姓名：＿＿＿＿＿＿＿＿ 性別：□男　□女

郵遞區號：＿＿＿＿＿＿＿＿

地址：＿＿＿＿＿＿＿＿

電話：（日）＿＿＿＿＿＿＿＿（夜）＿＿＿＿＿＿＿＿

傳真：＿＿＿＿＿＿＿＿

e-mail：＿＿＿＿＿＿＿＿

不同的憤怒。

一旦人們發現，天下就亂了。

因為，一旦絕望，便會思考人生的意義，便會往痛苦去，往黑暗去，往人性深處去，然後遭遇無可逆轉的悲劇與問天的椎心。你只有兩條路走，一是自殺，二是造反，那種造反可能是向雇主、政府或是向上帝的造反。

因此我們要唱歌，扭腰擺臀，風情萬種，聲嘶力竭，淚流滿面。

這樣很好，得到安慰不至於尋死，不至於痛苦到思考生命的意義。失戀是對方劈腿，不是愛情的本質。失業是運氣不好，不是資本主義的荒謬。無力是因為疲累，不是人怎麼可能勝天。

流行歌曲是民主的基石，生活的準則，愛情的休息站。

我們累了、癱了，滿臉骯髒淚痕，東倒西歪，男孩咬著酒瓶雙眼發直，女孩聲音沙啞還看著歌詞喃喃自語，也總會有一個體力好的，唱了八個小時還保持著自殘玩命式亢奮的女孩，在大家躺平的時候，還握著麥克風蹦蹦跳跳，唱到永遠。

相親

Track 03

　　姨媽參加完同學會之後悶了起來，六十好幾的女人同學會，不知道出了什麼事情。隔了幾天後她不帶氣，說在同學會中見到她與姨丈的媒人，同班同學。兩人在讀書的時候是手帕之交，適婚年紀時，同學告訴一直沒有男友的姨媽，要幫她介紹。那次相親，姨媽因此有了姨丈。

　　後來媒人移民加拿大，嫁得很好，二十幾年後，媒人離婚，身邊有錢，過得比沒離婚更快樂。

　　那次同學會便是為了歡迎媒人離婚回台灣舉辦的。一群老太太聊天，媒人聊起當年，對姨媽說：「當初幫你安排相親，誰知道你還真看上了對方，還嫁給他。你知道那人雖長得傻，但是窮，其他條件也一般。不過，緣分嘛，你就真的看對眼了。」

姨媽一聽，幾十年的姊妹情誼在肚裡翻攪，全成了酸餿。震盪稍微平撫，她不禁質問那媒人：「你覺得他又窮又普通，為什麼安排他跟我相親？」

那媒人笑嘻嘻天經地義什麼波瀾也沒有似地說：「我怎知道你竟看得上他？」別過頭去與別人討論房地產及裝修。

姨丈後來做生意變有錢，姨媽應該不委屈，但那好姊妹的言語與心思的曲折，讓姨媽生了一點恨。但那恨的對象是誰又很難具體，長年以來對姊妹情誼的懷疑終於成了真，還有，想到四十年前如果沒嫁給姨丈以及衍生出來的其他可能性，說恨卻不知道要恨上誰，悶了。

姨媽接著也沒說什麼，我吃了幾塊蛋糕，不知道要怎樣讓她好過一點。她畢竟大派，撐了撐臉色，喝了茶，神色鬆了：「你以後挑衣服時候別聽別的女孩意見了，你喜歡哪件就那件，人家說穿別套好看你不要理。」

我咧嘴大笑點頭。我知道她說什麼的，但這種事情真的沒辦法討論，冷眉狎玩，別無他法。

我的總經理夫人朋友看到身邊哥兒們失戀，身邊又剛巧有位可愛女孩單身，在我們的鼓譟之下，安排兩人相親。總經理夫人喜歡當主角，撮合朋友，功勞又在自己身上，何樂而不為。尤其那男生是每天圍在她身邊打轉弟弟一樣的人。

相親當場，男孩與女孩天雷勾動地火。

總經理夫人心理有了微妙變化，從熱心做媒到不置可否，然後，她開始向女孩批評男孩性格的軟弱不可靠，告訴女孩那男孩情史。女孩與男孩嘔氣時，總經理夫人要她好好考慮這段關係。

不過，男孩與女孩最後還是結婚了。總經理夫人錯愕一陣後，大家吃飯討論要穿什麼參加婚禮，她撇撇嘴：「有必要為這種事情大費周章打扮嗎？」

我失聯許久的大學同學去年找到我便立刻熱心幫我安排相親。我整場呆呆看著那男生穿著亮橘天藍白色相間條紋保羅衫。事後其他同學追問下文，我說沒有，他們起鬨要那媒人打聽男方意思。

我忍著一肚子鬼話但沒法子公開說，卻只見那媒人吊起了嗓：「哎喲我做媒不專業嘛，男人要真看對眼了怎麼會不主動。」她瞟了瞟我，唱起戲來：「我說啊那男生條件好又帥氣，也不是那麼容易看得上普通女生的……」

那天晚上我跟狐群狗黨作樂，肚子裡的鬼話終於爆出來了。

狐群狗黨要我說實話，對那帥氣的相親男有沒有好感。

「他超可愛的！」我大力點頭：「不過，依我多年跟你們打混的經驗判斷，他不喜歡女生，而且他目前正處在一段穩定的關係之中。」

「那個介紹人不知道嗎？」

我捧著酒瓶笑倒在一隻大熊身上，搖搖頭樂得很：「不重要，真的不重要。」

她把手夾在腿中間，蜷縮在陰暗床上扭動，我聽到她的喘氣，忽大忽小。她停了下來，猶豫是否繼續，她又試了一下，終於放棄。她翻過身，看著天花板，嗚咽了起來。

我幾乎要同情她了，不，她自找的。這些年來，如果她有片刻注意到我的存在，如果她有一點思念我，如果她有剎那愛過我，我也許會同情她。

我就在她身邊，十幾年了，這麼許久，她為那些對她不屑一顧的人尋死，卻對緊緊相隨的我視而不見。

像現在，我在床邊端詳她的臉，她卻自私地只為自己哭泣，沒看見我。

她畢竟老了，生出了白髮，牙齒黃了，大腿與臀部肥膩的大脂肪擴張，皮膚表層裂出斑斑紋路，走路的時候背微駝。她年輕時候圍在身邊的人都離開了，她心裡頭沒個計算，把心穿在袖子上，誰都可以見到她的軟弱，你露了底就沒人尊敬疼惜。她沒在漂亮的時候跟了人，錯失了人生自己又沒個盤算。

我這些年跟著她，初始是好奇與報復，然而她逐漸哀傷得讓我也難受難耐。

我也想過放手讓她走，我也曾希望她幸福，但願她未來有寬闊的天空，我更常幻想，如果我能長大，現在的我是個俊朗少女，而我們會多麼相愛。

如果我有機會長大的話，那個男人是我的父親吧。

我從她的身體像髒物一樣排出，看見她雙腳打開在手術台上，全身麻醉不省人事。那男人走進手術室，坐在她身邊掉淚。她動也不動讓他疑心她是不是死了，他動手拍打她的臉，怎樣都沒反應。她醒來後他幫她穿好衣衫，領了藥回去。

不過那男人的愧疚就僅止於那幾滴眼淚了。

那男人不知廉恥地對她說，其實小孩有了生下來就養了，你又何必如此。她一生委曲求全，那時卻生出理智，決計不肯留我。他們畢竟因緣一場，她心裡比誰都了解那男人的齷齪骯髒。她知道她不走人那男人會剝削她一生。她術後回診，那男人推託說忙，要她自己去，此後就當她獨立自主了。

那時候她好年輕，她救了她自己，放棄了我。

她恐懼的不只是男人。

她母親在她青春期的時候，每天檢查她的內褲，指控她下流勾搭，從洗衣籃裡頭找出她沾著穢物的內褲，夜夜到房裡辱罵，丟到她臉上。那時她根本不懂男女之事，身體長著新鮮初萌的欲望，卻因每天羞辱貶抑建立起克制自保的機制，對於身體充滿羞愧，對欲望充滿罪惡。

家是什麼？疊了泥牆圈起業障，便說不離不棄，往後的人生，她幾次想要歸屬，念頭一生她便想殺了自己。

她不想被誰虐待了。

沒有誰像我這樣懂她愛她的。她都不知道。

我好幾次伸手護持她，她傻傻的，不懂怎樣保護自己。

像是她從深夜的酒館走出，喝得爛醉的那一次，一個肥胖男人強拖住她，她滿臉是淚卻無力反抗。是我讓那男人在階梯上踩空，向前直摔，鼻子斷了臉上青腫。他半年後見到她像見鬼似的。還有那個老是四處中傷她的尖刻女人，瘦小扁薄的身體卻對她懷著火燒的嫉妒與恨意，她卻渾然不知。是我，是我讓那一張吹火嘴的壞女人長了膿瘡，怎樣也治不好。

這陣子她突然在捷運上望著白胖小男孩傻笑掉淚，她終於想孩子了嗎？她還沒認識我就想要別人了嗎？

我們再給彼此一次機會好嗎？我們重新開始。

我下定決心今晚現身，對她表白。

我可以預視她的命運，她在夏天會遇到一個男人，如果她願意的話，他們可以共度未來。他們的情感比較像是同樣受過傷的兩人，義氣相挺彼此理解地度過餘生，他會照顧她，安心陪伴對方養好傷。

請你再生我一次，讓我進入你身體。
這次你會認得我，我的右眼角下有顆深藍色的痣。
我會走進清晨天亮的陽光，在淡金色的晨霧中等待召喚許諾。
我預見她先死，而他會哀傷並且終於意識到愛情，撫養我長大。
畢竟，只有被生出的小孩才能在墓誌銘上留言。
請別哀傷，請讓我愛你。

密室非情殺事件

Track 05

她的裸體上面都是水痘，發得到處都是，頸肩後背還有前胸，繞著乳房周圍全是密密麻麻的結痂黑點，像是下蠱的甲蟲爬滿，下腹與腿倒還好，只有零星幾點散在短短的恥毛周圍。她長滿了水痘的詭異身體，他仍想要她，他對自己的堅硬莫名其妙。

她趴在枕頭上，雙眼緊閉，細瘦的四肢攤開在這個密室小房間裡，身體平靜沒有起伏。他不確定她是不是睡著了。

他考慮著要怎樣殺她。緊握住她的脖子，看她雙眼突睜面色漲紅，掙扎扭轉排泄物噴流。或者，用身下的枕頭狠狠壓住她。他不愛她了，但他沒辦法離開她，他覺得只要她還在，他的人生就沒有一點希望，永遠會擺脫不了被什麼牽制的憤怒絕望。

他想起昨天下午與妻子的性交，妻子因長年登山鍛鍊出的厚實骨盆肌肉與大腿，緊緊盤住他。他的妻子想知道女孩與他見面是不是穿黃色洋裝，想知道女孩最近心情好不好，在畫畫上有什麼新的進展，在某部妻子喜歡的電影裡頭，妻子想知道女孩是不是在同一個情節大笑。

不知道從什麼時候開始，他的妻子，對女孩從最初的憤怒，變成執著與迷戀。妻子渴望女孩新剪的髮型，妻子默默去畫廊看女孩的新作發表，妻子想知道女孩手指頭指甲形狀是長是圓，想知道她指甲油的顏色。

他的妻子因女孩的細節而亢奮，特別想要他。他感到妻子愛上女孩，他懷疑妻子與他性交是為了間接與女孩性交。他如果丟棄了女孩，他的妻子會失落，並且對他感到失望。他開始憎恨女孩，嫌惡那女孩總是百無聊賴的神情，但他與妻子被她控制，女孩像個不愉快的吸盤。

他從虛榮、試探，轉成無奈無助。他的生活彷彿被女孩的身體包覆，濕濕的汗氣無所不在，走到哪裡都嗅得到。他不愛她了，他看著床上女孩身上一點一點的水痘，突然眼眶有點酸。究竟什麼時候開始不愛了，也許只是忘了自己還愛，他這麼希望她死去。

她翻轉身來，瞇著眼睛看他，不知怎地她知道他的殺意，像動物面臨殺機的本能感應。她幾乎與他同時，流下眼淚。

人生真是不得安穩，這男人也辜負她的期望。

她看著男人肥胖的腹胸，她從一開始就知道他無能軟弱，中年人卻承擔不了一點這世界的重量。這樣子廢物一樣的男人哪，身體與心理都虛胖肥軟。

她抬起小腿，抓了抓水痘結痂的癢。

她記得她以前的短命丈夫，她對他說去旅行，她對他說週四公園見。她穿了米色風衣，吃手上的甜筒，親吻彼此，手牽手登記成為夫妻。

晚上他們在野地小屋一起喝酒，就著淺淺的皮亞芙歌聲依偎。

他從浴室出來後，她翻身跨坐在他身上，問他從小時候的夢想是什麼。

飛行員，他說。

她怔怔看他，有一點柔情，然後起身換她去浴室。

她在浴室蒸氣中聽見他的慘烈呼嚎，她知道他喝掉了她剛剛留在床邊的威士忌，她加了東西進去。

她濕濕地從浴室走出來，看到上午新婚的丈夫扭曲歪在地上。她打開窗，聽了歌，打開他的皮夾，拿走現金，開走了車。

她現在看著另一個男人。她不願為惡，但她太明白尋常男人的殘暴永無止盡。那男人現在還會糾葛，是因為無能，不是因為一點愛的純真。這讓她失望，非常失望。

她翻身跨坐上男人的時候，他就開始恐懼了。

她感受到他的身體在下面起了變化，原本的堅硬變得徬徨，抓著她乳房的手轉而抗拒掙扎。她對他笑，搖晃自己的身體，彎腰咬他的嘴。

她把插入男人心臟的刀片奮力往下推到底，血噴濺如花火，每次的屠殺都如此，狂亂之後的出神，出神之後的恍惚，她聽見骨頭與肌肉爆裂分離的聲音。

她看著手掌中繁亂細密的紋路，血液在其中流動成了溝渠。

她全身的水痘，此時全部發作，驚天動地癢了起來。

藝術家的妻子

Track 06

藝術家指著他這一年來的心血結晶，新作系列是抽象糾結的符號及神祕莫名的經文，他痛苦地說，這是他婚變一年以來痛苦心境。

「她難道不知道，她走了，我的日子沒有辦法過下去嗎？」藝術家說：「這麼多年來，我生活上是白癡，一切一切，都是她打理。」藝術家說：「我不會煮飯，三餐是她做的，我不知道衣服放哪，每天都是她拿給我，我不知道醬油剪刀在哪裡，我展覽行政都是她聯繫，我不知道怎麼用洗衣機，我不知道垃圾怎樣分類……」

藝術家快哭出來似地：「你知道嗎，我的扣子掉了，我不知道怎樣縫扣子，她以前都幫我縫好，我根本……不知道怎樣縫扣子……」

我終於弄懂，看著他：「所以嘞？」

他激動中還是露出一種「難道你是白痴」的不屑：「你聽不懂嗎？我說我連扣子都不知道怎麼縫，而她竟然離開我……」

我喉嚨緊了起來：「你不知道怎樣縫扣子，干她屁事？」

他又露出「上帝救我」的表情：「我生活上的一切都是靠她，她竟然離開我！」

我牙咬得更緊了：「她幫你燒飯，幫你洗衣服，幫你倒垃圾，幫你聯繫展覽。她離開，你很痛苦，像狗一樣嚎。她像女傭及助理，還得跟你上床，你為她做了什麼？」

他表現出殉道者的釋然：「她為我做生活上的一切，可我給她的，是更高貴的，是精神上的食糧，是靈魂的東西。」

我覺得我一開口就會奮不顧身衝上去揍他。

「她離開我說要尋找心靈上的平靜，於是到美國去念書，我試過挽回，我買了機票去美國找她，我上飛機前打電話給她，她叫我不要去，但我至少要再給她一次機會，我叫她去機場接我，因為我一句英文也不會，要不然我根本不知道怎麼到她家。」

我瞪著他。

「她來接我，可竟然給我臉色看。我一下飛機就肚子餓，因為沒人煮飯給我吃，又一直為了她痛苦，上飛機什麼都沒吃。到了機場，我看到她的臉色就涼了半截，但我跟她說我好餓，於是在機場餐廳先吃東西，我吃不慣西餐，要點一碗麵，服務生拿菜單給我，她竟然不管我，難道要我自己點餐?!你知道我的心情嗎？」

我還是瞪著他。

「我點了一碗麵，吃得悲憤莫名，吃完麵後，我決定再也不要忍受這一切，我決定要回國。」

我開口了：「然後呢？」

藝術家說：「我當場就買了機票回台灣。」

我從鼻子哼出：「所以你飛到美國，在機場吃了碗麵，當場又買機票回台灣？」

藝術家說：「她態度太惡劣了，我這樣費盡千辛萬苦挽回！」

「我看透了，這一年你不知道我過什麼樣的日子，我只能投入奧修，探索心靈，重新建立自我，把痛苦化成藝術。你知道嗎，我連扣子都不知道怎麼縫……」

我像馬一樣嘶嘶低吼：「你這個王八蛋！」

藝術家十分受傷：「我就知道你們普通人不會懂的。」

我連珠炮地說：「你不會煮飯就買外帶，你不會垃圾分類就放著爛，你不知道行政怎麼做，就花錢請助理。」

我對藝術家爆粗口：「你他媽的不知道怎麼縫扣子就學著縫，再不然就買魔鬼沾的衣服或穿T恤啊你！」

我暴怒後藝術家突然冷靜了，擺出疏離哀傷的臉：「你不可能懂的。」

我跌回沙發椅，自己也傻了起來。

僵持幾分鐘後，我摸摸鼻子：「我要走了。」

我背起包包，吸了口氣，走出展場，剛剛一旁目睹的畫廊行政小姐跟著我走出來。

她說：「藝術家跟一般人不一樣，你不懂他其實很正常的。」

我火又上來了，轉頭盯著她，微捲的長髮、作夢的眼神及害怕衝突的焦慮，我覺得我看到下一個藝術家的妻子。

我對她惡狠狠地罵：「你閉嘴！」

和尚

Track 07

在柏林，那個和尚又來找我，像多年前一樣。他悄悄靠近我的睡床，彎下身，咬掉我的耳朵。

我睜開眼睛，他靜靜地回望我，把他嘴裡咬著的耳朵，咀嚼吞了下去。

和尚很多年沒來找我了。

他在我年少的一段時間幾乎夜夜來我夢中，他從來不說話，只是靜靜地看著我，好似他的存在以及他盛滿的怨懟哀傷，就只封存在我夢裡與他的眼睛裡。

他剛來的時候我錯愕，這樣綿密的哀愁，讓我覺得難捱沉重，不知道前世辜負了什麼或是招惹了什麼，他要這樣夜夜來見，且怨恨到不言不語，動也不動，就是看我。有時候他背後大火在燒，他也不管那暗黑燎原，就是靜靜看我，有時候背後是灰藍漩渦叢林。

後來我就習慣他來了。

那已經變成我每夜每夜的習題，只要入睡便與他相見。只要入夜就與他對望。但我從來不知道他的哀愁遺憾是為了什麼。

有次夢中出現山野之中整排公廁。我開了第一間找他，沒人，只有灰白的磁磚撲撲沉沉；第二間廁所，沒人，全是屎糞沾惹著髒汙；第三間廁所仍然沒人，女人的經血抹得一地。和尚在第四間，我開了門，他絕望地正在等我。

那次我終於怔怔地望著他掉淚。

他的眉眼，濃烈到根本沒有僧侶常見的淡薄清寡，也不見出家人偶有的狡猾閃躲，他的五官根本就是與塵世糾結太深卻莫名地突然斷裂，導致所有的激切情感瞬間封存在眼裡，仍然恨著動著，卻怎樣也流不到他的眼睛或我的夢境之外。

他無從轉世，也仍對過去困惑，想要解答過多的糾結卻因執著進出不了別的時空，於是他便附著在我夢裡。

有一次我氣了倦了，問他，你到底要什麼呢，你到底想從我身上拿什麼呢，你要什麼你就拿走好了，我的內臟我的皮膚我欠你的我都給你。

和尚依舊沉默。他不願與我對視，嘔氣似的。

他再出現的時候卻成了敏捷決絕的人，他跳落在我面前，翻手拿起匕首就要刺，不管我怎樣奔跑躲藏，他總能追上並幾度要把刀刺進我的身體內。最後，我看見他滑順地、直直地將刀刺進我心臟，我的背被他抵在牆上，那是我臥房外的陽台。

然後和尚就消失了。這十幾年間他再也沒有來過。

去柏林前我因躁鬱痛哭，渴望我要不到的，憎恨苟活於廉價臭酸的愛情欲望中。心臟當年被和尚刺進去的地方疼痛出血。我哭泣的週日下午，滿城死屍腥臭，毒氣瀰漫，活人撤離，我呼不出求救，活命殭屍很快就要來襲。

我想要在蠻荒征戰中，自以為是的行雲流水的踏踏走過。

我也不斷地質疑自己，是不是錯過把一切親手毀掉或重新開始的時機了？

我期待殘虐暴力的交融相許，我在臨終之際多所遺憾。

白天我仍然是正常愉悅能幹的，在鋪排好的軌道上行駛。我對愛情的那一點困惑已經逐漸冷靜了，可是我記得氣力漸失的感覺，身體的核心裡頭還有一點什麼執著與頑強。但我知道死無對證。

於是和尚又來了。他吃我的耳朵。靜靜地默默地長長地如同我少年時代那般地看我。

我掀開棉被，坐起身來，一刀就俐落切斷我的整隻手掌給他。傷口剖面沒有滲血，銀藍的血管組織乾淨得如同初製的鮮嫩標本。這次，換我將深深的哀愁回送他，這次，換我將我長大過程中那些遭到遺棄的，瞬間斷裂的激切，回送給和尚，把我的糾纏瞬間封存在他眼裡。

我聽見整個旅館房間滴滴地響，每面牆都汩汩滲水了。

婊子

Track 08

我決定此後今生當婊子了。亮亮坐下來之後這樣說，義薄雲天。

婊子？我問他。

婊子有情無義，戲子有義無情。他說，親愛的，我們一起當婊子吧。

真是見鬼了。我罵他。

停了兩分鐘後，我聽懂了，傻傻看著他，心酸著。

這是演化後的人種了。

傳統是這樣說的，婊子無情，戲子無義。指的應是婊子可以跟很多人在一起，必定是沒有真感情的；戲子可以扮演各種角色，要什麼他便給你什麼形貌，沒有真正的義理分寸。

亮亮談到的，是演化後的婊子觀了。這種婊子，原本有顆少女心，為了純粹的愛情瘋狂走天涯，與世界為敵。有一天，她發現純粹的愛情並不存在，對愛的單純期望與執迷追尋換來的是羞辱與背叛。看穿了，與世界為敵的恨意還在，愛的失落怨毒還積著，然而因失望，遊戲穿梭起來，優雅了。過去為愛奮不顧身的所有力氣，其實只要拿出其中一點點，百分之一不到的，便可輕鬆玩弄這無愛世界了。

婊子因為用情至深，乃至於看輕看穿那些禮義分寸，都是騙人，都是謊言，都是殺人武器，因此無義。

婊子松子。令人討厭的松子的一生。

如果松子是你的鄰居或阿姨，你也會被她的粗魯骯髒嚇到拔腿狂奔，生怕被她身上的臭氣沾上。一直愛一直遭背叛，殺了人，吸了毒，入了獄，等待守候，願望落空，同樣的事做了好多次，反覆地愛了拚命了羞辱了落空了。

終於她搬入荒廢公寓，沒辦法相信任何人，沒辦法相信愛情卻也沒有辦法真正遺忘。她亂丟垃圾，在夜裡大聲喊叫，蓬頭垢面，成了令人討厭的松子。

十三年後松子巧遇女性朋友，朋友遞給她一張名片，希望松子接受她的幫助重新開始。松子自暴自棄自慚形穢，把名片扔在公園。晚上，松子在長年的自棄中，第一次興起也許可以重新再來的念頭，回到公園尋找那張名片，那是她人生唯一感受到的一點點善意。松子那天晚上在公園裡頭，被不良少年活活用棍棒打死。天上還掛著滿滿滿滿的星星。

婊子不一定要過成松子這樣的。很多人後來都很好，那些賢明的家庭主婦，事業有所表現的女強人。辛苦點的成了曹七巧，葛薇龍，成了《欲望街車》的白蘭琪，包法利夫人，還有安娜卡列妮娜。幸運一點的，老天明鑒有了范柳原的白流蘇，老了點的，《羅馬之春》裡頭，情人離去，她將鑰匙串丟給門外守候小男生的費雯麗。

戲子呢？我問亮亮。

他說了個故事給我聽。

有個拚命想當戲子的女人上了台，硬是要唱，硬是要人家給她鼓掌。她老公不愛她淨是要唱，她家裡的湯都要燉乾了，她排除異己就是要唱。街坊鄰居都讓她唱了，她還硬要人家鼓掌。人家鼓掌她還去燒香拜佛，要大家一輩子都為她鼓掌。然後她家失火了。

她家失火她照唱，她怪鄰居不幫她澆水。她老公偷吃她照唱，唱了順便哭訴可憐。結果，時間一到鄰居都回家晚飯去了。

婊子因為用情至深，無法面面俱到一般性人際關係與義氣禮儀；戲子想的是顧全局，撐局面，因為舞台太神聖，過河拆橋完成信仰唱齣大戲是必須的。婊子的漂漂亮亮是虛無，她的動力不過是讓情人上京趕考，高貴癡愚，戲子對自己的理念總是堅忍的。

亮亮說，洗澡的時候他明白了，戲子常把大家弄哭之後自己笑了，婊子把別人全弄笑了，自己哭了。

瑪莉先生

Track 09

同樣是養大別人的孩子，傳統京劇裡頭的戲碼是《三娘教子》，寺山修司敬你一個《毛皮瑪莉》。

明代儒生薛廣離家到鎮江貿易，家中留下三個老婆，正室張氏、妾劉氏及三娘王春娥，還有劉氏跟薛廣生的兒子倚哥與一名僕人。薛廣在鎮江做生意的時候遇到同鄉，託這同鄉帶了白金五百兩回鄉作為家用。同鄉私吞白金，買了口空棺木，假冒是薛廣靈柩。薛家人信以為真，經濟無以為繼，張氏與劉氏看老公死了，接連改嫁。只有王春娥堅貞守節，以織絹為生，辛苦地養大別的女人生的孩子。有次倚哥在學堂被同學笑是沒娘的小孩，回家頂撞三娘，說她憑什麼管他，她反正又不是他親娘。王春娥怒了，把織布機打壞。老僕當場要倚哥認錯。

結局當然是好的，三娘含辛茹苦，倚哥後來中了狀元。薛廣也從外地回來，帶著很多錢，三人開心得不得了。

寺山修司這位華麗前衛異色的導演就不同了，他告訴你另外一個養大別人孩子的故事。導演劉亮延的舞台劇《初飛花瑪莉訓子》，大玩這兩個不同意圖與不同人性理解的故事。

瑪莉是個男妓，從小在妓女戶長大，他愛漂亮，覺得自己美，其他同齡的小妓女排擠他，不跟他玩。原因是瑪莉有小雞雞，還自以為比女生美。只有傭人姊姊對他好，把首飾胸衣借給他玩，傭人姊姊是他最好也是唯一的朋友。

瑪莉長得益發妖嬌，益發相信自己豔冠群芳，連傭人姊姊也終於懷恨起來。

一日瑪莉熟睡時，傭人姊姊鑽到他睡衣下，含住了他。青春期的瑪莉在睡夢之中扭著動著，呻吟起來，最後一刻吼了出來——終究是男人的低沉嗓音。

傭人姊姊與妓女笑他，瑪莉，你聽聽，你畢竟是個男人哪。

瑪莉那時候明白了羞恥。

瑪莉串通附近的工人，要他強暴傭人姊姊。瑪莉在旁偷看，傭人姊姊反抗扭打，但瑪莉的興奮轉成憤恨，他認為傭人姊姊後來是舒服的。

傭人姊姊懷孕了，生小孩時喪了命。瑪莉領養小男嬰，展開終極報復，他把這小男孩當女孩養大，他要這小男孩經歷自己經過的一切錯亂羞辱。

同樣是養大別人孩子的女人哪。

我想起有次跟朋友去看京劇《四郎探母》，兩個女生看得坐立難安，扭來扭去。

四郎被抓了，因為長得帥氣，娶了敵對番邦的公主，享了榮華。好幾年之後知道媽媽弟弟元配受命來攻打番邦，與自己只隔一個關卡。他要番邦公主跟母后騙了令箭，出了關，回去見他老母及元配。擁抱哭泣，一夜溫存，又回番邦。

這故事原本是要教忠教孝的。

這男的，就這樣回去了喔。朋友怒了，手指戳我的肩膀。

他不回去其實番邦王后也不至於殺了親生女兒吧，他就是想回去吧。我也氣了罵，他回來一夜他開心了，他的正室得了一夜終於知道自己輸了而不是丈夫死了，那男人的母親還要她認了自此後當楊家女兒就好，兒子回去當駙馬。

坐旁邊的老先生入戲噴淚，但我們忍不住打鬧。

就是就是，就是要回去嘛，她又戳我，是錢是地位還是性，你說你說。

我們笑開了。

噓……老先生嫌吵凶了我們，我們噤聲，尚未中場就逃難一樣衝出劇院。

然後兩人呆呆站在台階上看夜空。

爛人，她罵。我們笑了起來，有點空虛的。

幻想的家人

Track 10

我幻想有個大家庭，人來人往熱氣翻騰，人與人的交接鬧鬧亂亂，誰要過生日，誰要結婚，親戚懷孕的妻子臨盆，阿姨與姑奶奶鬧意氣，我跟著這個人或那個人東跑跑西跑跑，忙著選購生日禮物，尋找補膳藥方，聽著誰年輕的故事，說誰始終惦念著誰又無法原諒誰，聽著誰未來的遠行，我老為這家族裡頭與自己無關的事傷神動情。

我幻想的家人住在一個村落裡，村上大叔每天慢跑，打著赤膊露出黝黑精壯的肌肉背影，帶著少年的神情跑過一圈又一圈，有時候村上大叔跑到隔壁山坡那頭過去了，我猜想他在那邊遇到他的卡夫卡，兩人點點頭，用眼神交換彼此的心事。我的村上大叔跑回家，脫下他的美津濃球鞋，我喜歡偷聽他沖澡以後，打開電腦工作的答答聲。

另一頭住著姨婆瑪格麗特愛特伍德。她頂著小捲捲長髮，穿著暗紅色的性格長袍，帶有時尚感，她總是神色自信地觀察著什麼。可我每次都把她跟別人家的搖滾雪兒姨婆搞混，因為這兩位姨婆都有長捲髮，眼睛與雙眼皮的深長弧度相似，尖尖的鼻子與長形的臉蛋也一樣。

因此我總覺得瑪格麗特姨婆一開口，就會唱出雪兒姨婆的歌聲，低沉有力性感。我也偷偷窺視到，瑪格麗特姨婆的洋房裡，藏著一台訊號機，是專門與外星人聯繫用的。

很久以前費滋傑羅叔叔來過我們家，短短住過幾天，他真是漂亮的人，他與他那神經質的太太潔達吵架，來我們家小住幾天。我偷偷喜歡上他，他得宜迷人的儀態，細緻修長的手指頭輕輕敲著桌子，拿起酒杯。還有那對明淨卻憂愁的眼睛，如同陽光之下的游泳池，美麗到盡頭就哀傷了起來，我想跳進那裡頭潛泳。那幾天我默默地看著費滋傑羅叔叔，心都碎了，含著淚水，默默地愛著他，明知道他不會回應我的感情。

沉默的大眼姑媽張愛玲，清豔高華，她總冷著臉，睥睨什麼，瘦高的身體穿著大紅大花的洋裝在社區裡頭時不時現身，我猜想她其實哭點很低，只是因為個子高，別人看不到。我很少看到她，她總是晝伏夜出，她也不太吃飯，說是胃不好，總在半夜裡頭吃麵包，小塊小塊撕下來配著牛奶吃。

最疼我的是孟若阿姨了，她容忍我這個不起眼的小孩，可以自由進出她的房子，喝她的茶，吃她的餅乾，看著她白髮低垂在桌前寫小說，我便安心地軟軟地趴著，陷入瞌睡。我在她的客廳裡頭好幾次哭了睡，醒了發呆。她忙完走過來，我急忙把辛波絲卡表姑的詩集藏在坐墊下。

幻想的家人很好，沒有瘋狂的占有，也沒有令人窒息的操弄。

但隨著我的年紀愈來愈大，我疑心我幻想的家人一點也不愛我，一切都是我一廂情願。在烈日之中虛弱前行，在人世之中寂寞無靠，我幻想的家人不曾在搖搖晃晃的人生中擁抱我，不肯親吻我，沒有實實在在的溫度與氣味。

我也曾經幻想山田是我弟弟，在我全身灼燙腫脹難以成眠的夜晚，他會輕輕以手指覆蓋我的額頭，紓解我的疼痛，吸掉我的迷惘，告訴我不要害怕。

幻想的家人最可怕的是，當他們遺棄你的時候，絲毫不比真實家人的遺棄不痛苦。

我閉起眼又睜開眼，對著天空吹了一口氣，蓋在上頭的我的家，就散了。

假期

Track 11

第一個晚上我就想回去了，床上沒有貓的氣味與體溫，我隱隱感到煩躁，還好帶了整袋的稿件書籍，工作到天亮。這昂貴的夏日度假飯店，服務人員蠢得像豬一樣，動作慢腦筋壞且不負責任。同行的夫婦情侶行前苦勸我隨他們一同度假，他們認為我的生活貧乏忙碌，腦子隨時都有暴走或斷線的可能。

他們在夜晚海灘啤酒後已經歡愛入睡。我繼續工作。

第二個晚上逛了整條墾丁大街，整群人誤闖了鋼管舞酒吧，半小時後被台上驚人的粗鄙嚇到奪門而出。情侶們決定繼續散步夜遊，我落單因此一個人走回飯店，穿著露肩長洋裝，躺著看兩部電視電影，起床拿蘋果，回床上躺著吃。

第三個晚上泡在浴缸裡，肩膀痠疼得到舒緩，我從浴缸爬起，看錶，過了十分鐘，我又躺回浴缸，然後又爬起，只過了三分鐘。我感到絕望。

其實那天起床之後大家搭車到海洋生物館，一進館我就與他們走散。我晃著盪著走進水底通道，見到鯨鯊水草魟魚在頭頂上漫遊，我望著那巨大的身體擺動，那驚人的奇幻力量。陽光自天頂折射進來，那是整個假期唯一我忘記了自己的片刻。很快地整群小孩衝了過來，旁邊的遊客推擠，我閃到旁邊，等待的時候，我想也許應該拍照，畢竟這是假期，於是拿起相機對著珊瑚美麗的軀幹。旁邊的男人突然碰我的肩，要我走到他的位置，他說，這個角度拍比較漂亮。我看著陌生人的善意，咧嘴對我比劃，便對他微笑，他又微笑，我只好繼續笑。繼續這樣笑下去也不是辦法，我說，好，站在他要我站的地方，按了快門，對他點點頭。

走了好久，我終於在臨海咖啡座找到朋友，他們戴著墨鏡說笑話。

笑話是同行的朋友之一前天晚上去夜市吃冰，付帳時發現皮夾一毛錢也沒，提款卡沒帶，手機也沒帶。摸了摸全身上下，只有包還沒開的香菸。他於是告訴攤販老闆，我沒帶錢，這包菸八十塊，你的冰一碗四十，我用菸跟你換這碗冰。那老闆打量眼前的男人，散亂的長髮，背心短褲，大賣場的便宜拖鞋，灰白的鬍渣，憔悴的臉，口齒緩慢又不清楚，是流浪漢（那男人是藝術家，不過看起來應該真的沒有分別）。攤販老闆叫了警察來。他們問男人你住哪裡，男人回答了昂貴飯店名稱，老闆與警察同時搖頭說不可能。沉默一陣後，老闆終於放棄說，你走吧。

哈哈大笑後我終於忍不住，在最熱的中午時分逃回飯店，就是想貓，想一個人躲起來。結果房門磁卡壞了，刷不開。路過的工作人員說幫我處理，要我等，但他沒回來。我到櫃檯請他們處理，胖男生拿著磁卡陪我走到房門，刷了幾次確認是磁卡壞了不是我腦子壞了，說要找人處理，但他也沒回來。我又走回櫃檯，胖男生不在，一個女生陪我走回房間，再試了一次磁卡，說要找人處理，走開。

我跌坐在房門口地上，摘下墨鏡。快一小時後工人來了，他沒處理磁卡，用鐵絲把門撬開。他說，卡是壞的，會有人來。

不會有人的，不管是不是假期，我始終知道。

蜷縮在棉被裡，臉埋在枕頭下面，熱天午後，我哭了起來。

小型犬女人

Track 12

兒子的每個女友分手後，她都私下邀約她們出來吃飯，告訴女孩她有多喜歡她，只遺憾女孩與兒子緣分不夠，希望就算女孩不跟兒子在一起，還是可以跟自己保持良好關係。

當我的乾女兒吧。她說，人的緣分相聚離散，我們終究還是要結善緣。

於是，那個胸部白皙美麗的空姐成了她的乾女兒。

那個留英的助理教授也成了她的乾女兒。

那個企業家女兒也成了她的乾女兒。

但我們吃飯妳不要告訴我兒子啊，這是我們之間的祕密。

兒子每次交了新鮮有趣的朋友，或去與好朋友暢飲聊天談心事，她總會興奮地跟兒子討論朋友的工作學業，朋友的興趣喜好。

帶他們回家來玩嘛。

她在家裡接待兒子的朋友，親切大方。

然後她私下打電話給兒子的朋友還有兒子朋友的女友，約吃飯。

她知道這個朋友喜歡攝影，於是買了新的徠卡相機送他。

她知道那個朋友喜歡室內設計，把自己一間閒置等著出售的公寓交給兒子的朋友裝潢。

但我們吃飯不一定要告訴我兒子吧，我們也是朋友哪。

她要她兒子的一切，她要他的女友他的朋友他的腦子他的情愛他的一切人際關係。都是她的。她忍不住就是想要。

她養白色的小型犬。她好愛小型犬。她看到流浪犬可能遭到撲殺的時候熱淚盈眶。

小型犬挑食，常常不吃飯。她想盡辦法餵那小狗，她兒子抱了小型犬到膝蓋上，用湯匙挖了狗餅乾，假裝往自己嘴裡送，露出好好吃的表情，嚼著嚼著。那小型犬看到兒子吃那餅乾這樣好吃，本來不吃也想吃了起來，扭著跳著也要吃他湯匙裡的東西。於是兒子就順手把湯匙裡的餅乾餵小狗吃下。

就這樣，你一口，我一口，兒子不時做出好好吃捨不得分人吃的表情，那狗益發想吃，就這樣順利的把整碗狗食吃光了。

白色小型犬受盡寵愛，但是不能出門，只要偷偷溜出陽台，她就怒極追回來打屁股。她擔心小型犬會走失，更糟的是會被別人偷抱走。之前的另一隻白色小型犬就是這樣消失的。

白色小型犬生病住院的時候，她不吃不喝，擔心受怕，每天定時到獸醫院看小型犬。

她兒子跟我約好一起上法文課，每週三天，上到中午。可十一點兒子的手機就響，她問兒子，你都不管家裡生意了嗎，你上法文對你的事業真的有幫助嗎？或者過一陣子又打來：家裡的辦公室一個人也沒有，兒子你為什麼不去開門，你是不想管家中的事業了嗎？

她兒子接了電話就開始情緒化與焦躁。一下課連午餐都不跟我吃，飛車進公司，而他家的辦公室其實一個人也沒有。

她受了氣，在家裡的店氣到說不出話來，喊頭暈。幫我叫輛車，我要回家，她眼裡泛淚，哽咽著對兒子說。

我的手機響了。她兒子對我說，我媽受了委屈，身體不適，要叫輛小黃先回家。

嗯，快點回家，我說。

我是說，我媽要叫輛車。

我知道啊，那就叫車啊，我責備他。

你上次來我辦公室走的時候不就打了電話叫小黃嗎?兒子問我。

是啊，喔，你要叫車電話嗎，我給你，然後我順口背出車行電話。

你是怎麼了，為什麼就是不貼心不懂事。他罵我，你打電話叫輛車來我這邊接我媽。

啊，你從那邊打電話報你那邊地址不是就好了嗎?我問他。

你為什麼就是這麼不懂事，我媽要我叫車，你就打電話叫車來接她不就好了嗎?他怒斥我。我媽叫我打電話叫你打電話叫車來接她。

她抱著白色小型犬，搓著牠，問我，你打算什麼時候跟我兒子結婚。

我……結婚是很重大的事情，要慎重。我說。

你要快點結婚生小孩啊!小型犬女人瞪著我說。

我……生小孩是很重大的事情，要生他養他，是很大的責任，要慎重。我說。

不過就是結婚生小孩有什麼難的，要教他養他難道我們養不起教不起?她回頭射出殺氣，你也不想想你幾歲了，你要生孩子就這兩年了，你想等什麼，你還有什麼條件可以等。你可不要有天跟我兒子吹了，沒結果，怨說是我兒子負了你。

我驚嚇地看著小型犬女人的臉色由親切變成凌厲。

然後他兒子走了進來，她回頭變成親切充滿愛意的母親，抱著小型犬去弄咖啡，彷彿剛剛什麼都沒發生。

一個月之後我委屈地終於跟她兒子說了這件事情。

我媽說的沒錯，她兒子對我說，我媽說的一點都沒錯啊。

你還有幾年可以等可以生，你就是不愛我所以不想結婚。

我那一剎那發現他們母子的眉眼好像，皮膚白，大眼睛雙眼皮，濃眉壓著眼。

然後我再也不吭聲。

當我的乾女兒吧，她在餐桌那頭對我說。

我咬著牙想辦法擠出微笑。我知道你對我好，我對她說。

你知道人的緣分都是注定的，可我們終究希望那是善緣，你當我的乾女兒吧。她又說一次。

我奮力地露出我最受歡迎的溫柔微笑，還有一張非常感動的臉，但不說話，就是不說話。

MSN是萬惡淵藪

Track 13

我推門走進店裡，夏裝的輕盈與繽紛五彩霎時把我層層包圍著，還有淡淡的薰香，我喜歡這種香味，我喜歡五顏六色的棉麻絲交織成的夢幻空間，我喜歡這些物質。

「我來了！」我對店裡大叫，端著隔壁咖啡廳外帶的紙杯。

「你來了！」大眼睛的小令也對著我撒嬌大喊。對，沒錯啦，我就是能購買衣服買到跟店裡的工作人員變成朋友，彼此交換小說看。

但小令今天看起來不對，妝還是很漂亮，眼睛還是又大又圓，還是甜，但有種詭異的滄桑感。我皺起眉問她。

她眼睛立刻浮了一層水，鼻頭紅了。

小令到隔壁的咖啡店買外帶咖啡，一桌男人玩著相機，看她也在等咖啡，便問她願不願意當模特兒讓新相機試拍，活潑大方的她大笑沒問題，那桌一個男生便拿起相機對她拍了幾張照片。沒隔幾天，她又遇到那男生買咖啡。再遇到，聊了起來。再遇到，他們坐下來談了好久。她知道那男生養了兩隻黃金獵犬，有一個交往很久的女友。然後他們換了ＭＳＮ。

然後他們開始了每天不間斷地說話，用ＭＳＮ啦。

她下班回家一上線，他就在等她。她上線他不在的話，她也不擔心，因為兩分鐘後他就會出現。每天回家到睡前，他們一直說一直說，交換了所有不曾跟別人分享的祕密與對未來的想望。

這半年間他們不常見面，見了兩次面，一次喝咖啡，一次去看電影，還是每天ＭＳＮ。

終於，終於上帝想到她了，「他好好。」她這樣說。

有天夜裡她的手機響了，那男人在她租賃的小屋樓下，說要見她。

她不肯，他聽起來像喝了點酒。那男生繼續打手機，男人說，只是想看看她，見她一面就好。她叫他回去，她說她絕對不可能下樓的。過了二十分鐘，她見到外頭雨好大，擔心了起來，衝下樓去，叫他快回家。男生說他好冷，請小令讓他上樓躲一下雨就好。

然後他們上床了。

第二天早上那男生吻了她才離開。然後他就從ＭＳＮ上消失了，始終處在離線狀態。

小令每天看著那男生的名字以及離線狀態，發呆。半個月後那男生突然上了線，小令問他：「給我一個理由，一個你消失的理由。」

男生說：「我很忙，我去日本出差。」

然後那男生又消失了。一個禮拜後他又上了線，小令發了火，罵他是個爛人，跟他說以後再也不要聯絡。

男生說：「一定要這樣嗎，我們可以當很好很好的朋友啊。」

小令快速地在鍵盤上打出：「你怎麼可以這樣對我！」

男生說：「我明白你的意思。可是，你是說，我們以後也不在MSN上聊天了嗎？」很眷戀似地。

小令想了一天，懷疑是不是自己有問題，是她弄錯了嗎？

但她最終還是趁那口氣還在的時候，把那男人封鎖加上刪除。她要對自己確認，自己沒有瘋，沒有瘋，不是自己弄錯了，這一切不是她瘋了。她必須要這樣做，彷彿在那男人臉上快速蓋上一個結案印章「賤人無誤」。

之後她整個月吃不下睡不著，幾度想到就哭，更糟的是充滿了一切都是自作多情的嚴重自我懷疑。

然後我站在這裡。

「你知道……我……我不是那種很乖不會玩的那種女生……我也上夜店，我也玩……我不覺得男女彼此有需要，發生一夜情彼此拍拍屁股走人有什麼不行……」

「我也有過一夜情……只是……只是……」她開始顫抖，聲音不穩彷彿嗚咽：「經過這半年，我們每天每天、每夜每夜地說話談心，交換從小到大的心事，那些心有靈犀，那些彼此私密的相互確認……」

「我以為……我以為……我以為這是……」她的聲音變得好弱好小，彷彿說著一個失傳且會讓自己蒙羞的過氣字眼：「感情。」

然後她哇地一聲哭了出來，頭靠在我前胸。

我開始從腳底發冷。

我也想起我曾經有個ＭＳＮ朋友，我們也曾經每天每天、每夜每夜等著對方守著對方上線，我們也曾經心有靈犀，彼此確認。

有天我們終於約了見面，回家後還通了電話，微笑入睡。次日他突然對我冷淡，然後消失。之後的幾個月我陷入疑惑、驚愕、挫折，一次一次懷疑是不是我臉上的痘痘，我走路的儀態，還是我說錯了什麼話的關係。不得不認清現實後，想起自己曾經那樣將ＭＳＮ上的一字一句全都珍惜相信，面對電腦傻笑著幸福，於是不可自拔地陷入自我憎恨與深深的羞恥中。

我摟著小令，一起抽抽噎噎地哭了起來。

水
波紋

Track 14

看著海就想走到它裡面去，化成海天之際的泡沫消失。

她第一次游泳就溺水瀕死，很小的時候，全家人出遊，沒人注意到她整個人沉到水裡去，滿滿都是人，可偏偏沒人發現她快死了。水不斷地灌入她的嘴裡肺裡，她驚慌無助地開口想呼救，卻只有更多的水灌進她的嘴裡身體。她拚命想掙扎卻痙攣怎樣全身都使不出力，水一直蠻橫不止地流入。要死了，小小的她意識到這點，明豔夏日午後的海灘擁擠的人群卻沒有發現近在身邊的死亡即將發生。一旦認命接受死亡後，她突然張開眼睛，水還在咕嚕嚕灌進她的身體，她卻剎那間看清楚了，水底有另外一個世界，光折射出海裡的彩色菱格，明豔的珊瑚與人的身體，漂亮的繽紛色彩，海底的魚與人。搭配那溫柔多彩的畫面是全然的寂靜，只有自己面對自己，很快地，就要死去。

她放棄掙扎了。似乎也接受歡喜著這死前最後的美好幻覺。身上有著幾何圖案的黃藍魚類如奇花異美，張嘴吐納咒語的粉紅珊瑚珠寶，千年水草妖嬈綻放性慾。她的胸腔從劇痛爆裂突然不痛了。

突然她被攔腰抱離水面。

她的母親讚嘆：「這娃兒天生會游水嗎？自己竟然能在水裡悶頭這樣久沒事！」她的父親抱著她有點狐疑，然而她驚嚇過度說不出話來，劇烈的喘息想吐想哭卻只是木然，然後她激烈地咳嗽，眼淚迸出來，還是什麼都沒說。

她什麼也沒說，差點死掉以及那場漂亮多彩的幻覺。她一直都是被忽略的小孩，她沉默，大人也什麼都沒發現，繼續午後的嬉水。

她在粗糙簡陋的更衣室中自己換泳衣，拖著小包包走，突然看到簡陋隔間的縫隙中，一個正在擦身的女人豐盛的裸體正對著她。她忘記了剛剛的瀕死驚恐，瞠目盯著女人的肥軟乳房腹腰大腿，連年幼的她都本能知道那是熟透的華美身體。婦人褐色凸起乳頭驕傲向前，青白如瓷的皮膚以及這片豐厚碩大的肉體奇景，讓她忘我震撼貪婪地渴望緊盯，動彈不得。那婦人從縫隙中看到她，勾引炫惑意味地微微挺起腰肢，摩搓乳房，將雙腿微微打開，給她更多一點。

那是個符咒，從此多年那美麗身體總入夢找她，她私密的戀慕與潮濕沒人知道。

她長大便不太下水了。近視太深，頭髮太長，皮膚過敏。其實她只是無法控制那份渴望，一下水沉溺在好深的寂靜裡頭，自己面對自己，她幾次都不能自主的愈游愈深，愈游愈遠，彷彿被海底妖靈召喚似的，無法壓抑心中那份想化成泡沫消失在海天之際的迫切需求。

然而她的俊朗男人熱愛一切的海上活動，潛水與風帆。她總是默默陪在他身邊，微笑看著他的矯健身手，透過墨鏡看著海，鄉愁般的，眼睛泛成水。

那夜她與友伴多人慶賀某人的生日胡鬧，狂歡與酒精中，那個女人過來牽她的手。那女人是店裡的人，細緻白潔的皮膚發光，剪得貼近頭皮的短髮，卻有極其纖細女性化的氣質與湖水深的雙眼，高挺豐滿的身體，那女人牽她的手便讓她感到溫柔纏綿。

她暈眩晃動了起來。

「別碰我，我要去化妝室。」她甩開那女人的手，搖搖擺擺地要走開。

「我帶你去。」那美麗的女人再度牽起她的手，輕柔且固執地，帶她走。

她在地下室的無人化妝間沖臉呆坐，回過神來補好眼影蜜粉，試圖回復正常，決定跟眾人打完招呼就離開，太危險了。她想起那女人應該是店裡的工作人員，出手幫忙而已。

當她走出化妝室，那美麗的女人還在門口。

女人走過來又牽她的手，低頭輕輕地像蝴蝶翅膀一樣吻她的臉，像海浪一樣溫柔。

她閉上眼睛，轉頭吻那女人的嘴，把身體緊緊靠上，感覺那女人的胸部一波又一波洶湧摩擦著她的，她發出近乎嗚咽的聲音。

拗不過男友的堅持，她那天終於下海潛泳。

「寶貝你要注意不要游太遠，在海中對於距離的感受與陸上不同，不知不覺就會游出安全範圍，你要隨時起身看看，太多人都不明就裡的游到危險海域去了。」

男友檢查她的蛙鏡，拍拍她的臀。

她潛進水裡就笑了，那個單純的靜默的世界，千年鮮豔的魚獸海怪珊瑚在她眼前搖曳扭擺，成隊地前行。水草織成的夢幻，石頭縫隙吐納出音樂，她向前揮手，再向前招呼，又向前探詢，久違了。她扭動身體，在水底跳舞，這裡那裡，叮叮噹噹，歡欣雀躍。

她被攔腰抱起，她的男友游了好遠來救她，他驚恐怒斥：「停下來！你怎麼游這麼遠到這麼危險的地方，你看人都消失了，你瘋了嗎？」

焦慮這件事

Track 15

她的身體裡頭住著焦慮，從很小的時候她就肚裡懷孕著焦慮了。

她小小孩時穿著襯裙在陽台上遊蕩，豔夏濕熱悶到她喘不過氣，她想躲回屋內吹冷氣，但覺得自己一旦跑走便對不起這外頭一大片正在受熱的人群鳥獸。

她終於熱壞了，跑進屋內，撩起襯裙到大腿處，細瘦的兩隻腳晃動。她知道冷房保冷一定要把門窗關密以免洩漏。可她抬頭望見那台式老宅的隔間牆頂，是雕有四季花鳥的鏤空木片。她看著雕成花形鳥形竹形的空洞，知道冷氣怎樣都會從那空縫鑽出去。她憂心。

她又想起外頭沒有冷氣的街道，那樣濕熱，她為熱天街道上送貨男人，熱到無枝可棲的麻雀，萬分沮喪。在另一塊洲際上的人們，如果曬的跟她是同一個太陽，成千上萬黑的白的紅的人不是同時都虛軟成水泡？

她嗚咽著，預見全世界都熱成火海，都快死了。

要是能在戶外裝一台巨型冷氣就好了，很大很大的那種，動用十個電廠，一打開按鈕放送，全世界的溫度都會下降，在橘黃烈日下蒸烤的花草鳥獸、討生活的人們，會突然舒爽。

但她又擔心起來，抬頭看好大的藍色的天空，這個地球沒有隔間，天空沒有任何邊際，巨型冷氣發送出來的冷流不是就直接消散到外太空了嗎？沒有一個玻璃罩子能把地球整個包起來？要不然這巨型冷氣猛力放送，便一直散掉，人們一樣汗流浹背地駝著，蟲獸一樣枯萎，大地熱裂出一條一條深褐色的嘴巴。一切都徒然。

全地球都熱死。

她少女時代重複焦慮著釘槍。她老看到手掌正中央，釘槍一按就穿過白色手心，金屬穿射過血肉，劇痛中手掌緊緊地釘在牆上，怎樣都走不了。

她向母親傾訴那些莫名的干擾，人神恍惚。她的母親摟著她，雙手握住她的乳房，又捧起她的臉，告訴她這張臉是不會有人愛的。

她的焦慮不是沒有道理的。

她對那個男人的依戀太深，一切徵兆卻都告訴她這不是好緣分。見面之前她的手機會當機。男人跟朋友看網球賽便直接爽她約。又有一次他們見面前她踩到了狗屎，白鞋上都是噁臭髒汙。

男人對她時冷時熱，她擔心自己的醜陋及對性的排斥終會被嫌惡。不對稱的乳房，下垂的臀部，鬆垮的大腿上頭有一條一條的妊娠裂紋。男人的手在她腿上搓著撫著，吻了她擁了她，然後消失不見。她受不了便跑走，男人又來找她，然後又冷落她。反反覆覆。她一旦作了決定想要他，他便推開她羞辱她。

她昏沉不能醒來，也許是半瓶藥的關係，嘔吐缺水。

醒來之後她明白這不過是一場假戲，而她當真。

但她再也不能分辨什麼是真的什麼是假的，誰的熱切第二天會變成生疏，誰的討好一轉眼就變冷臉。從此之後她每日必定看完算命節目才能出門，必須確認當日吉凶與幸運色。更加脆弱的時候，她必須上網確認氣象才有安全感，未來的未來都是不可捉摸的惡魔，而下一秒就是未來。

她不想活了，太滿了，她的身體快裂掉了，靈魂已經奄奄一息了。

最終她進廟求神，對菩薩細細訴著憂傷自棄，她只想要平均值的戀人平均值的屋子及平均值的運氣。她流著淚說，總有命中註定的什麼，可以讓她不要焦慮，放心去愛。

她舉香傾訴著那份，她終其一生不知生於何處的，被輕蔑與鄙視的無價值感。

她只想要一個安穩，她求著。

最後她犯了一個重度焦慮者最嚴重的錯誤：高尚。

她求了半天，最後卻對菩薩說：我祈求的這一切請祢給我吧，我想要平靜，我想要誠懇，但祢若真覺得焦慮是我的命而愛與平穩是我命不該得，那你便忘了我剛剛跟祢求的一切吧。

痣

痣是座標，像是地圖上可供你辨認的身體建築景觀。

你熟悉了身體上的那些痣，也辨識了城市的往事。

隱密的痣，我記得醫院裡頭你的小腿中央，肩胛骨上，分別躺著靜靜的一顆痣。

仰望著什麼的，在身體白色沙漠中竟然凝結出了水氣欲望，妖精似的。

我吻了那隱密的痣，做了記號，不能解開的密語。

你離開了，這謎語便封在那痣裡成詛咒。

那女生的眼角下方垂著一點黑痣，像是永恆的眼淚掛在臉上，眼睛因此永遠像是欲淚的水汪汪，小小的臉蛋上垂著小小的一顆黑色憂傷。美麗而不幸。

要點掉它嗎？這是淚痣。我們討論這個問題。

她的祖母與母親自小就要她點掉眼角下的痣，痣相上說淫蕩，剋夫，注定為愛受苦，一生必定會流淚到枯竭。

但她照照鏡子，看著自己白色平滑的臉，她問自己，點掉了這顆淚痣，我這張臉還有什麼值得辨識的東西？

你寧願受苦也不要平凡？那女孩點點頭。

也好，好氣魄。

她說，就算流淚，那也是人生值得紀念的、我的人生足以與他人不同的的辨識系統吧？

於是我們說起身上的其他痣，黑色的，紅色的，淺棕色的。耳朵上的痣是孝順或聰明，頸背的痣是勞碌，嘴唇上的痣是多話或性慾，手心上的痣心思縝密，大吉大利。背上的痣要背負眾人之事，有求必應。腳背上的痣勞碌奔波，永不停息。腳掌心的痣，勇猛無懼，大吉富貴。隱密處的痣都是好痣，露在外頭的，尤其是臉上的，都是凶險。

我胸前正中央有顆紅色的痣，我們討論著，到底是膽識還是幸運。

在學校的時候有次酷暑午後，我抱著報告走進教授研究室。一進門被裡頭的冰冷空氣包覆，起了全身雞皮疙瘩。身體還是出汗燥熱的，卻立刻冰鎮。我坐在辦公室茶几旁的沙發，老師旁邊，跟他一一說明接下來的實驗。老師親切地問我暑假的計畫，也說起家常。他微微挺起的肚子，有著迷人笑紋的眼睛，他的聲音柔柔地送出，我突然覺得在午後的這個他的小小室內，昏昏欲睡。

我恍惚之間聽見他說起他的妻，他接著說起他的女人，還有他們上個月一趟異國的大湖之旅。

他把他的手放在我露在短褲外的大腿上。

我怔怔地看著在我腿上的他的手，手指修長但骨骼突出，覆著青白色的肌肉，指甲完好乾淨地修剪過，不是秀氣的富貴之手，是浪漫與現實混融均衡的菁英的手。是我喜歡的老師的手。

其實我連驚訝都沒有。

我盯著他無名指上方與手掌背交接處，長著一顆黑色的小痣，藍黑色的光，像是一隻眼睛，他的痣與我的眼睛對視。

老師的手開始移動，輕輕地摩搓我的腿，停了下來，又繼續往大腿根部移動。

我跳過厭惡直接到了憐憫，警醒過來，抬頭正視老師的臉。

我把我的手放在他的手上，刻意地增加重量壓下，用那重量來制止他的游移。

就這樣，我的手掌覆著他的手，他的手壓著我的腿，我們默默地對峙許久。

在這之間我們等待並且算計下一步。

他在思考我會受辱尖叫或奪門而出哭泣？我當時已經早熟得明白中年的挫敗欲望是什麼，但不耐煩這樣怯懦的騷擾試探，我也憂心這堂課的分數。

我下賭注般地抽回我的手。

他的手沒有繼續往上移動，靜靜停在我腿上放著，那顆藍黑色的痣不知道怎地有種不合時宜的貴氣。

他終於抽回了手。

我們兩人同時微笑，繼續討論未完的實驗。

與老師那個對峙的下午，像是我身體上的一顆隱密的痣。

外星人

Track 17

那個叫作瓦薩里的八十歲義大利老先生在音樂廳台上彈鋼琴，手指頭碰觸鍵盤後放射出不同亮度、顏色、溫度的點與線，向外織成一張純淨燦爛如星空一樣的魔幻網路，整個音樂廳幻化成宇宙銀河，七彩轉燈，繽紛成奇特語言織成的夢。

我明明微笑，卻滿臉都是淚。

他無視於台下聽眾，天真純淨地陷入自己的世界，望著鋼琴上方的某處，像是凝視著什麼，對著那個空無的點，訴說著我們完全不懂的溫柔語言，深情執著得如同孩子。

剎那間我背脊涼起來了。

沒有人發現他是外星人嗎？

滿場的觀眾難道沒人發現，這個彈琴的義大利老頭，其實是外星人嗎？

他彈出美得乾淨得不能用人類語言形容的音樂，其實是一直放送訊號給他的外星家人，告訴他們以及同樣流落在地球的其他外星人，我在這裡。而我們這些泫然欲泣的觀眾，根本不是他要說話的對象。他拚命地放送著只有外星人能夠理解的語言。

我驚嚇地回頭張望滿場的觀眾，沒人發現瓦薩里是外星人。

那樣美得離奇的，美得無法用人類語言可以複製、再現或形容的，閃著奇特光亮的東西，都是外星人發送給同類的訊號。我們人類稱之為美、藝術，或是無法再現的乍現靈光。

不要愛上外星人，你感動地掏出了心肺，他也感激你對他的傾心，但他心裡揪著的，他溫柔凝望的神情，永遠是天外的遠方，他永遠的鄉愁。

我突然驚覺，畫出哥德式天堂與地獄的波希，只能在固定坐墊上彈琴的顧爾德，用音樂畫出教堂彩繪玻璃折射之光的巴哈，要命，都是外星人。人類歷史上那些美得離奇的音樂、科學、藝術，都是外星人試圖與家鄉連線的嘗試。

「我是外星人。」艾瑞兒對我說。

我們一起看著星星，肩並肩。

艾瑞兒順了順她的蓬亂短髮，對我說：「有一天他們會來接我回家。」

我們抬頭看緊密得幾乎像皮膚毛細孔一樣的星空。

她小的時候害怕洗澡。她們家窮，父親總是不在家，回到家母親就為了外面的女人與父親爭吵打架。她好強忍淚，不知道站在母親還是父親這邊，反正兩邊都打她。

她洗澡的時候，熱水騰騰冒煙包圍住初萌芽的瘦小身體。她小小聲哼歌，幻想自己是為愛離開大海的美人魚，而王子就要為了那個撒謊公主離開她。她假裝自己拿著麥克風，對著浴室鏡子皺起眉頭唱悲傷的歌。

她瞥見浴室上方的氣窗有黑影，有人在看。她看見她父親的臉。

她驚慌得不知道如何叫喊，僵硬地把身上的肥皂沖掉，她擦乾身體終於鼓起勇氣再抬頭，那人不在了。

她冷冷地怯怯地躲在棉被裡頭。這事發生好多次，她沒說話，她連生氣或委屈的勇氣都沒有，她怕她母親打她或者打他。

直到有一次她在房裡頭看圖畫書，她妹妹剛洗完澡衝進房間，臉色發白，頸肩髮都是濕的，她妹妹驚慌想哭地坐在廉價的組裝小書桌前。

她認得那個表情。她問她妹妹，你剛剛是不是看到浴室窗戶上有人。她妹妹點點頭。她問她妹妹，是他嗎？她妹妹又點點頭。

她終於流出眼淚，告訴她妹妹：「其實我們是外星人。」

她說，總有一天真正的家人會來接她們回家。

因為，凡這世界上美得離奇，美得讓地球人無法理解的，都是外星人。

只要耐住孤獨就好。

「其實我是外星人。」那個老喜歡穿鮮豔色彩，跟我相親不成反成哥兒們的男人，透過鏡片斜睨著。

「嗯。」我喝咖啡：「你最近胖很多耶。」

「是嗎？」他捏了捏肚子，又說：「我真的是外星人。」

「等我退休之後我要搬到內華達州的沙漠，一個人住，跟外星人作伴。」

我進攻顏色鮮豔的三明治。

「你不信喔？我真的異於常人。」他認真地看我。

「好啦啦啦……外星人啦……」我張大嘴巴咬了下去：「你繼續放屁或走開啦死外星人。」

與吸血鬼相愛

Track 18

如果是與吸血鬼相愛，那就不須擔心了。

嫉妒心、占有欲重，保護欲、復仇心驚人，痴心執著，忠貞冷酷，握住了就不肯放手。對凡人來說這樣的愛分量好重壓力好大，可是對被棄者來說，吸血鬼的愛是唯一的天堂，永不離去，真的有生生世世永垂不朽。

吸血鬼明白愛、死亡與不朽之間的永恆循環，愈是曾經痴狂的吸血鬼力量愈強大。吸血鬼擁有無窮無盡的時間，因此擁有與凡人完全不同的時間觀，時間是充裕的，便可以發展出高貴的專注與耐性，可以長時間地等待觀察，成為優秀的獵人，鍛鍊出優雅與力量、殘忍與細膩、強悍與精緻並存。也因為時間觀念的不同，承諾這事對吸血鬼來說意義重大，那是凡人不懂的莊嚴。

初始要心機用盡百般確認，被愛的人必須承受被吸血鬼眼睛搜索帶來的赤裸脆弱。但吸血鬼說天長地久，就真的是天長地久。因為綿綿無盡期對吸血鬼來說是真實的，人類說天長地久根本是瞎說自己不懂的東西。

認真計算起來，承諾與誓約其實對吸血鬼是比較不划算的。

吸血鬼的第一個伴侶是莉莉斯。

莉莉斯是亞當的第一個妻子，她與亞當都是上帝用泥土塑造出來的，也因此莉莉斯認為自己與亞當是平等的。她拒絕亞當要以男上女下的體位性交，她嘲笑亞當的愚昧自大。她更因大膽說出上帝隱密的名字，離開了伊甸園，跑到紅海。在亞當的哀求下，上帝為亞當重新創造一個妻子夏娃，這次上帝用亞當的肋骨創造，如此妻子便會依附丈夫。

上帝憤怒地派遣天使去找莉莉斯回來，並且警告莉莉斯，如果她不回來，以後每天將殺死她的一百個子孫。莉莉斯無視上帝的權威，不肯回去。

上帝與莉莉斯的大戰於是開始。

上帝依循誓言殺死莉莉斯的嬰兒，莉莉斯遂與野獸魔鬼性交，在紅海以每日一百個速度生下惡魔之子，她也不斷殺死亞當與夏娃繁衍的人類後代。屠殺戰役搞得腥風血雨，莉莉斯心痛卻怎樣也不願妥協。最後上帝終於要天使與莉莉斯立約，以後不再殺害莉莉斯的後代，而在亞當嬰兒與上帝立約（割禮）之後，莉莉斯也不能殺害人類的後代。

廝殺暫停，莉莉斯仍然痛苦，她心裡頭有個黑洞持續疼痛，怎樣也好不了。

到這裡已經很清楚了，莉莉斯不但認為她與亞當是平等的，她甚至認為她與上帝是平等的，從這些征戰之中可以明白，她真正的愛人是上帝，根本不是那個愚蠢的亞當，真正讓她感受到背叛的是上帝，而不是那個丈夫。

人類無法理解莉莉斯凜然的平等，也無法明白莉莉斯深感背叛的緣由，更不知道那份龐大力量其實連結了愛情與死亡、破壞與創造。人類恐懼她，說她造成嬰兒猝死，說她是暗月之女，說她好色重慾，趁男性睡眠中奪取他們的精液，說她瘋狂飢渴並且噬血。

有一個傳說是天堂後來發生天使之戰，天使長魯西弗，也就是後來冠上撒旦之名的大天使，在戰敗墜入地獄的途中，把紅海的莉莉斯一起帶了下去。

另一個說法是，世界上第一個吸血鬼出現的時候，他對著自己的不朽之身無所適從，莉莉斯找到了他。

他們同樣經歷了愛的傷害，同樣遭遇背叛遺棄，他們一樣不死卻擺脫不了苟活的屈辱，進不了天堂之門也融入不了人世。她與吸血鬼都明白愛欲與不朽、死亡與重生總是配套而在。她明白殘暴根源自內在的激切與對天地的憤怒。她溫柔地教導吸血鬼，如何使用鮮血的力量，如何從破壞中鍛鍊出高貴。

我總是在街角認出吸血鬼的蹤影，在戲劇院的角落聆聽歌劇，在夜間的電話亭邊佇立，在圖書館中研究，在摩天大樓的頂端進行權力遊戲，在花店旁的咖啡桌望著遠處，等待莉莉斯。

天亮前，是有永恆這回事。

紅髮女生

Track 19

她的頭髮與眼睛的顏色比一般人都淡，是泛著金色光澤的紅褐，髮絲硬而捲，我們以前很好。

她把頭靠在我肩上，她沮喪憂憤的時候總是這樣，對生命不滿，不知道未來是什麼輪廓。其實我們那時候已經敏感地知道道命運不懷好意，儘管還年輕到不明白命運的捉弄是怎麼一回事。

我稍稍側頭，看她淡色的睫毛與淡色的眼珠，然後也跟她一樣看著前方。她比我高十幾公分，但走路時候她喜歡黏過來勾我的手，好似我才是兩人當中那個比較年長比較高的姊姊。

好多她最深最傻的夢，她喜歡說，我喜歡聽。

她幻想有天會發光，有天會快樂，或者有天會成功，也許得到仰慕。

我會對她笑。那是我年少時候最好的朋友。

我不喜歡出門，但會為了她換兩班公車到她讀書的山上校園，她帶我去看她喜歡的學長，社團的朋友，同班的新朋友。她打電話，通常是她去看她分開多年的父母之間的空檔，我會到常約的路口靜靜地等，散步或看電影。她跟我說她打工遇到的刁難的老闆。有時候她覺得要當模特兒便跑去試鏡，有時候她覺得當學者比較好就讀書。她的能量好大，那樣想著未來便可以忍耐現在的力氣，我看了都不明所以。

她會消失好一陣子，然後又會出現。我很習慣。我知道她在探索新的人生，一定在什麼地方凶猛衝撞，她總是不滿，但總歸還是雄赳赳氣昂昂。我總是等待埋伏在街角的命運有天襲擊，她會主動去衝。反正過了半年一年，她會找我。我們又會在那個街角碰面，會彼此大笑招手。

她再出現的間隔比我想的久，化起工整的淡妝，她告訴我這次打工她做直銷。去角質、精華液、促進睫毛生長的、眼線液，她對著目錄上的產品跟我解說，彷彿是白天課程的複誦。我買了去角質及按摩小腿的乳霜。我們第二週又見面，我主動說要買美白乳液。她說，你當我的下線吧。我搖搖頭說，我當你的客戶就好吧。

她消失了一陣子，再出現的時候戀愛了。

她說，那個年長男人從她的脊椎底部一節一節寵愛地往上按摩，在彎曲的地方停留。她霸占他的胸膛，呢喃著以後。她生他的氣，因為愛情不能保證未來。她一人孤單的時候會把枕頭緊緊壓著自己，幻想是他在身邊穩固她。

我不能告訴她我預見的未來。

有天半夜她瘋狂地找我，她與男人爭吵與打架，眼淚與傷口。我開車去接她，她怎樣也不肯回家，我把她放在我床上，用棉被與枕頭把她包住。我到客廳看著電視發呆，天色逐漸變明。

一切都像小時候一樣。她換了一個又一個工作，消失一陣子又會出現。

有天她告訴我要結婚了，我是她的伴嫁。她一項一項告訴我丈夫應該可以給她的未來，她們婚後會先與丈夫的家人同住，丈夫很快就會晉升，說不定會有自己的公司，他們將來買房子，要在哪一個區域。

她結婚那天我一早起床梳洗，開車到她母親家，等待好時辰送她出嫁。那社區好遠好遠，斜坡往上兩邊彷彿異色世界一樣地林立模仿高級別墅的建築，只是粗了點又排得緊了些。她出了娘家，坐上禮車，我開車送她的弟弟媽媽到婚禮會場。高速公路塞車，秋陽毒到超現實，我全身燥熱。到了會場後，新娘嘴巴沒停叨叨念念著新娘禮服裙襬的細節，首飾的件數，還有那濃眉大眼的老公是否遺忘了確認某位親戚的接送。她再一次地補充說明他們婚後的藍圖，丈夫與房子，以及不同親戚的位階。

一年過後，她抱著她的小孩，我們喝了茶，一起上她丈夫的車。她的丈夫不太理會她，拿著電話浮誇地談業務。她凶他，她凶他還是不理，於是她更凶，再凶的時候，話便怨了酸了毒了。

不知怎地，她出嫁那天早上她母親的家，後來成為我反覆的夢魘。

在夢境中，那個偏僻社區蒙上了沙塵暴，我在飛沙中經過一棟又一棟建築，根本不知道自己為什麼會來也不知道為什麼出不去。在乾渴恐懼中，我感受到這片凋零社區的每扇窗子背後，都有一雙退化的老人眼睛窺視著我，等待我逐漸瘋狂。還有幾次這個夢境，天色突然閃電變暗，我陷入深山叢林，彷彿被魔神捉弄，走了好一段路，每當以為發現出口，卻又回到森林的原點。反反覆覆，腎上腺素過度分泌，發冷休克，停止呼吸。

又過了很多年。她找我吃午餐，告訴我生活的不易，夫妻的惡意，房貸與家用的分配，以及她換到新的雜誌當業務。她玩我的皮包，問我什麼牌子。她拿手機給我看她女兒。女兒真是漂亮，我忍不住笑意，但頭髮是黑的，不是她那樣紅的。手機裡頭除了照片還有女兒幼稚園才藝表演的錄影。

她說，昨天晚上她陪女兒念睡前的英文書，她累了，要女兒去關燈。女兒問她，為什麼是我關燈不是你關燈。她告訴她女兒，因為我付錢所以你關燈。

我體內什麼東西冷了又緊了起來，輕輕把她的手機放回她面前。

紅髮女生說，女兒很好，漂亮又聰明，但她必須要不時挫挫女兒的銳氣才行，誰叫她父親那樣愛她，如果不隨時挫她，她還以為大家都應該愛她。

我突然一陣反胃，眼淚像要湧出來我硬是逼它回去。

她陪我搭一段捷運。我不知道怎地不能忍受她坐我身邊，全身僵直。下了車，在下午清冷的捷運站中，我用手上的皮包狠狠地摔牆。

就這樣了。我很清楚。走著走著，我們就這樣散了。

同學會

Track 20

從他們的眼中我知道，我再怎麼努力也沒有用。

在他們眼中，一日為胖子，終身為胖子。

經過這些年，我比以前瘦了十幾公斤，現在認識我的人都覺得我苗條活潑幹練，但這些人，看到的始終是以前的我，肥胖的我。

不管我現在漂亮了或有成就了，他們視而不見，我在他們眼裡照出來形象永遠是當年那個醜的胖的滿臉青春痘的女生。

早知道就不應該來的。同學會是屬於那些在學校時候受歡迎、過得快樂的人參加的，他們才會覺得敘舊美好。不起眼的，受冷落的，沒有人緣的，有什麼舊可以敘呢？

那麼，我為什麼要來呢？我責備自己。是懷舊呢，還是，我想從他們眼中得到一點肯定，證明我真的變了，已經不是那個又醜又呆的胖女生。或者，我希望他們會開始有點喜歡我？

沒有用的。我攏攏捲髮，低頭看自己的連身洋裝，抹著粉色指甲油的腳趾。進來打完招呼後，我就一直孤單地坐著。我搓著手，吃眼前裝盤的軟糖。

也許我該假裝去上廁所，然後默默地消失。

他會來嗎？那個初吻的男生？

他還沒出現，應該是不會來了。這樣也好，他反正沒喜歡過我，他只是在無聊的高中暑假，出於荷爾蒙吻了我。

在那之前我不知道接吻是濕的，也不知道接吻需要舌頭，我以為接吻是乾燥而溫暖的。他吻我的同時握起我肚子上的一圈肉，說，我女朋友跟你一般高，可是她比你瘦很多，他又捏了捏，你至少要減掉五公斤。

班上有個女生，黃黃的，有著奇特的臉部骨架結構，他們喊她小娥。小娥喜歡班上又高又帥能言善道的一個男生。那男生知道自己帥，有時人家笑他與小娥，他雙手一攤搞笑說自己「難道美麗也是一種錯誤」。

那男生跟小娥說，「謝謝你喜歡我，可是我想，將來你的男朋友，最好是外國人或是考古學家，他們才會覺得你好看。」

我聽到這話之後立誓要當隱形人，尤其不能讓喜歡的人知道你的心，人家會拿這個傷你的。

那高帥男生來了，他長大之後只交空姐女友，每次路上巧遇或聽人說起，他女友一個換過一個，唯一不變的，一定是空姐，他喜歡比較不同航空公司的特色。

同學會他又帶了一個空姐來，他說這位不是他女友，陪他來的這位空姐，偎在他身邊，他說是剛認識的好朋友。

我跟他點點頭，他展開迷人笑容對我招招手，擁著他的好朋友坐入那群同樣高帥漂亮、談笑風生的男女中。

一個大眼睛的女生坐到我旁邊，她的髮色偏黃，總是笑嘻嘻，一向可愛討喜。

黃頭髮女生問我，你瘦好多喔。

是啊，出了社會之後就一直瘦，工作太累了吧。

黃髮女生說，你應該是故意的吧，瘦成這個模樣，怎麼可能是自然的。

我對她笑了，至少她是唯一跟我說話的人，她也可能是唯一注意到我跟以前不同的人。

她戳我的手臂。

我坦誠說，剛畢業那段時間認真減肥，可瘦不下來，沒想到開始工作，整個人就像氣球那樣消氣瘦了。

黃髮女孩咯咯笑，但我驚異地發現她的眼神銳利了。她說，你故意把自己瘦成這樣子，你根本就是故意的，你好做作，哼，你憑什麼啊你。

我看著她，背一點一點地直起來了。

其實我小時候很瘦，進了中學因青春期的人際與升學壓力暴胖，那三年我腫了好幾圈也罹患貪食症。這些人，就是在我人生最胖的三年認識我的，他們便認定我的人生應該永遠腫脹肥胖的。而如果我妄想更動自己被歸類的抽屜，他們生氣。

令天鵝不爽的，不會是黑天鵝，是那隻從醜小鴨拚命變成天鵝還想混入天鵝群的。

那一剎那，我警醒過來，我終於從受挫的小女生脫困，讓冷靜熟女接手。

我對她親切笑了。呵，你真的覺得我變很多嗎，我回她，刻意看看她兔寶寶一樣的大顆門牙，再看看她，我說，你倒是都沒變喔。

她愣住了。

我看到初吻男生走了進來，他還是很高很挺，昂貴的西裝。

他跟大家一一寒暄，抱歉只能坐一下就先走，因為趕著要出國開會。他沒有跟我打招呼，他的視線從頭到尾沒落在我身上，我根本不存在。

我看見初吻男生跟人群笑鬧了十分鐘，就趕忙離開趕飛機了。

我站起身走到化妝室，坐在馬桶上發呆，然後在洗手台沖水，潑潑臉。

我重新走進會場時，那個「難道美麗也是一種錯誤」的高帥男生高聲叫我過去。我傻傻走過去，站在他那群漂亮團隊前。

他指指身邊的空姐，大聲地對我笑：「你剛剛走進門的時候，她竟然問我，你是不是以前班上最漂亮的女孩？」

那高帥男指指我又看看身邊的空姐，狂笑；「我回她，那個醜妹嘛，你瞎了嗎？她怎麼可能是我們班最漂亮的女生？」

我看著他誇張地笑，有種忍淚的艱辛。

但我長大了。我吸口氣，定定地看著這位從小帥到大的男生，冷冷的用堅定但每個人都聽得到的聲音，配上我後來學得的甜美笑容，作了人生第一次的重大反擊：「她沒瞎，是你瞎了。」

那男生從狂笑轉為錯愕。我回頭拿起包包走了。

天使　在唱歌

Track 21

這個人跟那個人前世是夫妻，而今陌生的兩人分據咖啡館兩端的小圓桌，各自盤算他們此生剩下說長不長說短不短的尷尬時光。

他猶豫著是否趕在妻子下班前與情人碰面，應該繼續下去嗎，或者就此走人，傍晚的短暫親密是否合宜，也許今天應該作罷，將車子開到保養廠，等待的時候看上午買的商業雜誌。他的嘴唇因剛喝下的茶水濕熱。咖啡廳外的空氣冷冷颼颼。

他不作承諾，他以為這樣道德。

她在另一端，肘撐著桌面雙手捧住臉，眼淚從指縫滴在時尚雜誌上。她不深情，只是現在寂寞，孤單卻靜不下來。她穿著高跟馬靴的小腿交錯，月事將來的疼痛隱隱。

她不喜歡承諾，她喜歡不作承諾卻真正執行的道德。

儘管是前世偕老的夫妻，他們此生從未見過彼此，人生沒有共通點。沒有共同喜愛的書籍，沒有同樣偏好的運動，在這之前他們連街角的擦身都不曾有過。一位風塵僕僕的旅人開門，冷風吹入的不適，服務生窣窣端著茶水，兩人同時往入口處望，視線仍未能交會。

他擅於歸納，她長於推演。

他喜歡明亮直接，她喜歡細緻古典。

他推崇紀律但眼神飄忽，她渴求疆界的模糊但目光炯炯。

他扮演征服者，相信成熟與規範，但世故的狡猾他都沒少過。她認同被征服者，卻有所保留。

音樂來說，他傾向馬勒，她是拉威爾。

唯獨一點對未來模糊的沮喪與刺痛，兩人皆歸之於中年症狀，終於像某種共有的靈魂胎記。

他們六百年前在芬蘭是夫妻，他造橋鋪路與夥伴義氣相投，備受愛戴。他出門她就安心，幾週工作結束後回家她就不安。他受困於自己也不明白的陰鬱與彆扭，對她冷淡與傷害。她知道他心裡住著一個溝通失能的受困小孩，幾次想援救，始終失敗。

他從沒想過不回家，但回家後沒對她好過。她的精神處在極大的壓迫感中，再也不渴望他表達真正的感情，只想自保。

降雪之前他離家，他踏著濕漉的林間道路離開，那次他很久很久沒回來。

她望著紛飛的雪片，預見一層層冰霜逐漸累積，全世界將降至冰點以下的混沌迷夢，她心裡有什麼東西也往下墜落。她哽咽地想，就這樣消失也好，以後再沒誰有能力傷害她裡頭柔軟的那個部分，他死了也好。

融雪的時候他回來了。他沒作解釋，往室內直走，她恨他卻本能地走近，從背後環住他的腰。他轉過身，輕輕推開她。

那天晚上他們分坐在起居室陌生的兩端，各據一張椅。

他想起那天下午，也曾想告訴她這段時間的大橋坍塌，身上的傷。但他只是推開她。她望著爐火，失效的溝通，反覆的被拒，這種熟悉的挫折感，讓她確認自己的孤單，竟也生出一種認命的釋然。

然而她的身體從來都是歡迎他的，他們擁有一子一女。

溝通不良的，線路不通的，他們在前世，就這樣，白頭偕老。

他們在這一世有一次提早相遇的可能。他在交友網站同時與三個女孩曖昧，包括用假名登入的她，但他很快對她失去興趣。

他買完單、她從化妝室補好妝，兩人同時走出咖啡廳的那一剎那，此生第一次對視。也許出自前世殘存的記憶，他莫名其妙有了生理反應，看著這位瘦得倦得不合乎他胃口的女人。她則看著眼前勉力抓住時光之翼的中年男子，線衫上的綠白條紋卡著隆起的小腹，上頭有一處剛剛滴到的印漬。
灰藍的天空不知怎地看起來像發炎似地。
他們出了這個門，奔向各自不同的哀傷。
生怕他們相認，滿天屏息以待的天使，全鬆了一口氣。

母貓與大叔

Track 22

白色母貓對著剛剛用指頭搓摸她額頭的大叔莊嚴地說：「不要輕慢我。」

母貓的肚腹肥大，吞下離家多時在外吃食的風霜，久別之後，如今母貓再度與大叔同處一室。

母貓第一次被大叔撿回家的時候，兩人一度呼吸調整至一致，對於貓與人的關係，這種同步感應呼吸一致的程度，難得一見。

於是，母貓與大叔儘管共處在一個公寓內，各據一角，做著自己的事情（大叔多半時間在看書寫論文，或是上網跟不同的女人打情罵俏，母貓則咬著毛毯邊緣，理毛梳妝），母貓與大叔分享著一種親暱的共感與同步的愛戀。還有些時候，大叔與母貓各自陷入自己的回憶，他們之間有份情人之前才有的親暱靜謐，並且獨立地在自己的回憶裡頭慢慢療傷。

那個時候，他們這樣子彼此作伴，彼此信任。在有人陪伴卻不過度涉入的狀況下，他們的人生終於有了空間與安全感，可以真正落入過去療養自己的傷口，也因為他們彼此的特殊聯繫，他們可以不去介入對方的傷口。親密又有段安全的疏離。那個時候，任誰都會相信，只要時間夠久，等他們在各自的創傷裡頭痊癒之後，母貓與大叔總有一天會真正相愛。

有一陣子天冷，母貓縮在大叔給她的毛毯裡頭睡覺。大叔在自己的被子裡頭睡覺。母貓冷一陣子之後，夜裡跳上大叔的床，縮在大叔腳邊睡覺。

母貓在大叔腳邊睡一陣子後，試探性地鑽進大叔的被子裡頭，躲在大叔腿邊，大叔伸手按摩母貓的頭頸、腹肚背部與四肢，母貓緊緊地靠著大叔。

幾天之後，母貓偎在大叔腋下，分享彼此體溫，大叔習慣了母貓，但大叔意外地發現自己勃起了。

天氣變暖之後，大叔再也不理母貓。他們還是在一間屋子裡頭生活，但大叔冷淡輕忽母貓，除了餵食之外，不願正眼看她。

母貓於是每天在一定分量的吃食外，總是走到屋內的角落，對著灰白的死角凝視發呆。大叔則在外流連，旅行各處，與情人歡愛。大叔感到自己是真正嫌惡那詭異母貓的。他們之間的聯繫，在大叔起了念之後，就斷了。母貓知道，人類一旦起了念，便是天涯了。

母貓有一天抓破紗窗走了。

這便是人間所謂的天涯嗎，白色母貓晃著盪著，閃躲貓群的攻擊爭食，餓與累，無法吟遊，盡量避免自己成為那爭奪拚命的江湖分子。母貓常常想起大叔，但母貓心裡知道，人貓殊途。

大叔好久之後才發現母貓走了，恬不知恥地責怪起母貓的背叛，計算著母貓要的太多，人可以給貓的自己都給了，這貓卻還想要他給人的。大叔有時候擁著女友經過當初撿到母貓的小巷口，心裡詛咒著那畜生，眼睛張望著想要看到失蹤母貓的影子，夜裡大叔在甜言蜜語之後射精在女友身體裡頭。

母貓在街上認識了虎斑大貓，一看就知道是羅漢轉世的龐然貴氣大貓，臉上還帶著疤痕。虎斑大貓是在人貓競技場上歷練過的，經過輪迴的。虎斑大貓告訴白色小母貓，要用尊貴的心去赦免人類的惡，要知道人類的侷限並且用貓的權杖加以赦免，因為母貓並沒有選擇，因為同樣有過傷的母貓懂得愛是什麼形狀，對於那些不懂的侷限的，要疼惜且寬容。

你要莊嚴、柔慈地告訴他，你們曾經有過的連結，是出自內心地眷戀珍惜彼此，但那份連結不能拿來作為試真辨偽的磁卡。你告訴那個人類，貓受到傷害，不是在戀愛的層次，而是關於信任、同情並理解他人苦痛的高貴的那個層次被羞辱了，人不可以那樣去羞辱另一個人，人也不可以那樣去羞辱一隻貓。

母貓怔怔地望著大天使一樣的虎斑羅漢大貓，流下眼淚，她問大貓，我一定要回去嗎？

母貓走回大叔第一次撿到她的小巷口。大叔很快地從公寓窗口看見她，披了外衣出門把她帶回去了。

大叔再度撿回母貓，大叔捨不得（或者是大叔單純地不喜歡人家棄他而去的尷尬），但是大叔還沒決定要不要跟母貓相認和好。他收回一點冷淡，默默地幫母貓在角落整理好毛毯，餵了母貓一點餅乾，打算就此獨自進房。

這時候白色母貓突然說了人話：「你不要輕慢我……」

母貓的肚子因為哀傷突然鼓脹了起來。

La Dolce Vita

Track 23

我感覺到陽光一暗，門一關，我回頭看，你把褲子脫下來了。

行李被你丟在牆角，我剛下飛機，走到房間窗台看威尼斯運河閃著大片的正午陽光。我轉過身來，盯著你，你光裸的下半身，以及你映在我房間雕花化妝台鏡子裡詭異背影。

我搖搖頭，微笑問你：「有沒有其他的事情是我可以幫忙的？」

你是我的情人，我們規劃要結婚成家，你與你的團隊在這個城市工作，我打包行李就飛了過來，自己訂了與你們完全不同的旅店。

你不喜歡我出現在你的生活圈裡頭，如同我不喜歡你出現在我的生活圈裡頭。你不喜歡我的穿著打扮，我不喜歡你的粗莽鄙俗。你不喜歡我的眼神，我連對你張開口說話的可能性都厭惡。

但我們要結婚，我一定要。

夫妻是憎恨控制，伴侶一定背叛。我只是不愛你，我犯的罪最輕。況且，又不是只有我不愛你，你也不愛我，又不是只有我想著別人，你也想著其他人。我只是厭倦了飄蕩，必須有一個足以說服自己歸屬於某人某處的印證，並且是這社會承認、法律鎮壓的某種堅實歸屬。

至少有一個人，此生不會離開我，就算不愛了要死了都不會離開。

然後我便可以自由去飛，然後我也會放你自由地飛。

你在網路上認識了舊金山女孩，陷入熱戀，你每天與她通訊，情話綿綿。半年之後你們約了一趟半個月的旅行，兩人第一次見面就約在舊金山機場。出發之前你告訴舊金山女孩，如果見到面，看到你的模樣，覺得不是原本的那種心情，也沒有關係，經過那樣長一段時間的了解，兩人可以像是好朋友那樣繼續旅程。但如果女孩見到你，那份心意仍在，就請給你一個擁抱，這樣你就明白了。

你揹著大包包進入機場，一個濃眉大眼大臉的女孩子過來，她比照片裡頭更英朗一些，腳步根本沒有遲疑擁緊了你。

於是你們就像情侶一樣。

你們白天就像情侶一樣地旅行，看山看水，遊樂嬉鬧，你好愛她，光是看著她笑成那樣你就忍不住也想要笑。你們就夜裡像情侶一樣歡愛如貂，她要你圈著她入睡。

旅行結束那天，你帶著笑意與她約定。回到台灣之後，打開行李，你愣住了，你行李頭所有關於她的一切都被抽走了。旅程中所有照片都不在，她給你寫的便條筆記消失。女孩在最後一天把你們相處過的證據全拿走了。

你打電話，是空號。你寫電子郵件，沒有這個帳號被退回。她與你通訊的帳號在螢幕死住不動。你只好去她常去的社群網站，每天盯著，每天留話給她。

你消瘦無眠，你不能工作，你每天每天留言，聚精會神盯著那虛無之海等待回音。

你說，你知道這事情會變成自己人生的黑洞，年輕靈魂沉浸在愛中的歡愉與對未來美好的想望是不是就這樣被推翻了，你只是要一個答案。

八個月之後你接到一通電話，舊金山女孩打來的。

她說，多數男人繼續找她的努力，最久只會撐三個月，你竟然撐了八個月不間斷，因此她覺得她應該給你一個解釋。

她說，她是慣犯，她不快樂也想傷害別人作賤自己來證明自己的存在，她見到你的誠懇與愛意也曾經想過就此停手，好好與你共度，但她還是沒有辦法，你圈著她睡的感覺不對，不是不好，而是還不到可以讓她就此停手。

她告訴你，電子郵件是假的，電話也是假的，你在旅行時候開車看到她的證件也是假的，就連你所知道的她的名字也是假的。

你怔怔地聽，最後只能說，謝謝你告訴我。

你給我看過她的照片，那是唯一一張證明你們那場戀情存在過的證據，你們在遊樂園中坐雲霄飛車，你好開心，女孩仰臉笑著大叫，是遊樂園裡專門替旅客拍攝的打工學生拍下的，因為是拍立得，你順手夾在自己的書中，沒被那女孩毀掉。

你說完這故事，停了許久，又接著說，只要想到要進入一場穩定的關係，進入婚姻，簽訂一個合同去製造一個家，就渾身發冷。

你頭低低的。

我默默看著你的額頭與上頭覆蓋的微捲頭髮。

我說，你用這靈異故事順利騙到了不少女孩吧。

你抬起頭，靜靜地與我對望。

你開了口笑了，好說好說，還沒有騙到你。

一週之後，你告訴我，我們應該考慮結婚這件事。

人生貧乏平扁，英雄豪傑才華高潔其實也仍脫離不了庸碌上下，你死了痛了苦了或破繭而出或轉了心念有了突破，這些庸碌之人的悲喜轉折，對他人一點意義也沒有。哪怕你生了一次或死過浴血再來，沒人在乎，這世界過他們的，你依舊轉折著你的人生。你美過苦過，也只有你自己苦過美過。你的臉沒人要看，人生死活沒有差別。

婚姻之必要正根植於此，結婚是保險。

這保險買了你便不能走，你必須在一定距離內注視我，我病了你要看，我醜了你要看，我傷重住院你會接到通知，我死了你會舒坦如釋重負。不管你樂意不樂意，約簽訂了，你必須某種程度被迫注視著我的人生。

我不想，從小就不想，一個人，孤孤單單的，變成一個沒有人注視的人。

沒有人注視的人生，我不信誰真能開闔一場有所領悟便了無遺憾。

結婚買一個觀眾，這是買觀眾的保險。

幾天之後我們到馬德里，轉回巴黎，回台北。整個旅程一如我們的日常，我們始終沒有觸碰對方。工作的時候與你與工作人員住，你與我單獨的時候，我睡床上你睡沙發。

但當有人問起我們這一對的時候，我們很自然地摟緊對方的肩腰，你會笑說「我未婚妻」，我敞開最甜的笑容點頭。別人經過之後，我們就自然地鬆手，維持一個熟悉的剛好的疏離。

我喜歡被納入臂膀的占有，我喜歡被納入保護範圍的概念。

我知道你摟著我的時候想著其他人，我摟著你的時候心也為其他人痛著。那些人來告訴我你其他感情遊戲，並不明白當我知道你的情感欲望有其他出口的時候，我有多麼如釋重負。但我沒說什麼，像個正室一樣微笑地搖搖頭，暗示他們停止。

你去愛你的情人，對我像妻子就好，我不想治療你的傷口，我也不冀望從你身上得到快樂。我只是要一個婚姻，因此我會有一個家，我會自己一項一項補足一個家的配備，健全一個家的樣貌。反正我心裡有一個地方壞掉了，我不愛你，但請你留在視線範圍內，我們的未來就以婚姻為它命名。

我們不就模仿著夫妻生活這麼久了嗎？

然而我在威尼斯看著你映在鏡子裡的背影，我看著你如蟲一樣腫脹歪斜的器官，湧起憎恨憤怒，我知道我一定會離開你，再給我一點時間就好，我終究會離開你。你穿起褲子離開後，我到浴室中乾嘔，跌坐在地上，太陽穴抵著冰涼的馬桶。

那一年這世界沒有大事，我們再怎麼聰明冷靜也還是無頭蒼蠅，我一場關於家的幻夢悄悄崩解了。

夢外之　夢

Track 24

藝術家躺在秋天的樹下，檢視自己手背的老人斑點，看著自己因長年工作指節凸起的粗短手指，這雙手在一生中做出了多少藝術品呢？藝術史書為他下的註解，「此人的偉大在於他幾度創造匪夷所思的新形式，連結了歷史認同、情欲與生死魂夢曖昧之境」，彷彿他的人生因這幾個字有了定格。他顫抖著用那雙老化的手點燃了菸，想起年輕時候的一個夢。

他在隧道裡一直跑一直跑，有人追他。他在拚命狂奔之中突然停下來，那人竟然追過頭了。他抬頭看隧道盡頭竟然分岔生出兩條路，而那分岔路口中間端坐著一尊地藏王菩薩，後面透出光。他剛剛就是跑著跑著看到光，突然覺得跑不動了。那追殺他的人也意識到自己跑過頭了，在隧道盡頭轉過身來。

他看到那張臉是他自己。

藝術是什麼呢？他做了一輩子藝術，能夠輕易地辨識出哪些作品與哪些人是真正的才華者，這種東西有種氣也有種電，有神奇驚人的想像力以及對人世情愛真正的眷戀。他也能夠輕易地看出誰只能短暫地享受掌聲，很快就會被淹沒在平庸之中。與他同輩的藝術家發了財，或沒沒無聞淹沒在更多飢渴的新手之中死去，彷彿一場空笑夢。

他記得小時候的家，古早的港口，往左邊到港口去是美國大兵的色情場所，都是酒吧。往右邊去是日據時代第幾番，是妓女戶，是日本人跟台灣人去的。港邊有許多賣船來品的委託行，水手搭著吧女，手摸著她的臀部。他小時候跟阿凸仔說哈囉，大兵就丟給他銅板或口香糖這類小東西。

而港外的世界是什麼樣子呢？

藝術家想起自己高中時看家裡的祖先牌位，祖先牌位後面插了插銷，插銷拿出來，上頭寫著阿公的名字。但是阿公再往前的，就只是列祖列宗，上頭沒寫名字。他很震驚，原來牌位上只要隔了幾代，就沒了名字。

他覺得，人們之所以知道秦始皇這些歷史人物，因為他們不只來過並且留下了事蹟，因此名字才留了下來。如果一生什麼事情都沒做，什麼也沒有留下，隔了幾代名字便消失了，只是列祖列宗，沒有名字。

他便立志要當藝術家，因為偉大的藝術家會名留青史，人家不用拜拜也會記得他。

他拚命畫畫，在他那個年代，沒有畫廊也沒有後來龐大賺錢的藝術市場，要創作眼看著就是挨餓。他窮，老在下午三、四點時偷偷跑回家，因為那段時間他爸爸外出工作不在，他開冰箱偷吃家裡的東西。有一次他又偷跑回家吃東西，被他爸爸看到，他爸爸從小告誡他要當男子漢，見到他這鳥樣便罵：「你真沒用，讓你念到大學，還養不飽自己，回家來偷東西吃！」

他受不了這種話，氣到與爸爸決裂，再餓也不回家，每天專心在工作室畫畫。長期賭氣餓肚子，得了胃潰瘍卻不自知。

有一次他與一群同樣想當藝術家的夥伴為了趕作品參展，忙得不可開交。他買了整瓶的沖泡即溶咖啡粉，好幾天趕作品，光喝沖泡咖啡，他想這樣可填肚子又可提神。工作時偶爾胃抽痛兩下，但忍耐過去就不痛了。

沒想到有天夜裡出現劇痛，他倒在地上翻滾。但身上只剩八十塊，他撐著痛跑到藥房去買肚子痛的藥。

藥房老闆看他那樣痛，勸他去醫院。他身上的八十塊便是搭計程車到最近醫院的車資。他一到醫院，就不省人事了。

他在醫院甦醒，眼中第一個看到的是他爸爸。

他爸爸在病房當場又罵：「你實在沒用！這麼年輕就把胃割了！」

原來他因胃穿孔痛到昏過去，醫生把他的胃割掉一半。

他還很氣那個開刀的醫生，他質問醫生：「既然是胃穿孔，破一個洞，你為什麼不用縫的要用割的？」

然而他也起來了，有他的天下了，他的成就被教科書記載，他轉戰國際成為人們口中的大師。身為藝術家，他問心無愧，他投注了人生所有的心神氣力，用最精準的語言調度創造出一個凡人難以想像的曖昧之境，驚人的幻覺卻又是人世永恆的愛恨嗔癡。

他的妻子離開他，他後來的幾個女人也都走了，他美麗的女兒長大成親。身邊的人來來去去，他始終在工作室裡頭創造出一個又一個魔域。他的朋友有以藝術之名行騙江湖，也有財富與女人無數的，而他始終在意著某種使命，他知道他的天分，他被欽點，注定與人世間高頻精顫的美好震動相通，但那東西上不去成神，也下不來成俗。

藝術家就是這種人。

某種程度來說他對自己的人生也算無悔，只是感傷。

他又抽了口菸。

前天夜裡他作了夢，夢裡出現721×××這組號碼，這是他四十年前畫室的電話。

夢裡的他本能撥了電話。

嘟嘟嘟地響了好久。

終於電話通了。

「你找誰？」

「我找×××！」他半開玩笑地說了自己名字。

「我就是。」他嚇到了。
這時候他開始聽出來了，那聲音好稚嫩，的確是他年輕時青澀的聲音。
他告訴電話那頭的人，自己是四十年後的他。
對方完全不相信。
他低低地跟那頭的人交換了一個祕密。一個只有自己知道的祕密，對方相信了。
電話那頭的他處在對生命與創作極度焦慮的狀態，亟欲告訴他，自己對藝術的理想。
他們談了很久，像知己一樣。
要掛電話了，他突然想起什麼似地提醒年輕時的自己，因為兩天之後那年輕人會因為胃穿孔昏倒並割掉半個胃。他囑咐那頭：「未來四十年你不要亂喝外面市售的果汁飲料，你的胃……」
那頭的他說：「真巧，我手上有一杯。」
他們同聲大笑了起來，兩人相約「畫壇見」。
笑完之後他們沉默了起來，因為彼此都意識到真的要跟自己告別了。
那頭的他突然開口，年輕到令人心痛：「那……你成為偉大的藝術家了嗎？」
他溫柔地說：「還沒。」
在時空模糊難辨的那刻，他的胃與那頭他的胃同時隱隱作痛。
不曉得為什麼，他潸然淚下，感到萬分寂寞。

小小詩

Part II

Track 25-36

濕濕的

Track 25

靈魂濕濕的。
眼睛乾乾的。
思念腫腫的。
欲望生生的。
天空鹹鹹的，而人生，很弱。

作家最暴力的威嚇不過是：要成為我的情人或是素材？

出自絕望，我寫一本你的書。

把你囚禁四方形狀文字堆成的墳墓裡，書扉一旦闔上，你就死透，對我而言蓋棺且論定。

但有時候，清明柔軟的早晨時分，彷彿受到神的感召，我以為我們正要開始，就要傾心。

有時候。

我們羅織身世以便過活。

憂鬱症、強迫症、為藝術受苦、無私大愛或者犧牲奉獻。

我們虛張聲勢以合理善變。

像是因為多年前的傷害所以閃閃躲躲欲迎還拒，或者，因為多年女友已經變成身體的一部分，而且是比較好的那部分。

你的身世之網，裂了縫隙。

我便悄悄的寄居在這個破洞中，小口小口地喝水等待。

有人換到心，有人換到陪伴，有人換到憐惜，而我抓到了滿手的語言。

以為知道所有，知道你的恐懼，知道你的祕密，知道你的酸酸的夢。

然而語言只是語言。

看到你們眼中的星星點點，我才知道自己捏了一手亮晶晶的贗品。

我們的語言多麼無用。

那天我夢見自己被你追趕進入隧道，驚惶狂奔，我瞥見隧道盡頭有光，停下腳步。你太快過了頭，在盡頭轉身。

我卻看見你是我。

於是隧道幻成星球，我坐成你，也坐成河。

這不是湊巧的可能想像，在你身體比較好部分之外的地方，我真真的扁扁的偷偷的在你亂亂的裡頭跳了好久的舞。

一次一次的告別。

結果只是，過幾個月再來，也許明年春天，再來。

我們之間的一種可能我有種種想像。

我們本來會發生，我們一定會發生。我們近些就會發生，我們左轉就會發生。

你的鐵道班次停了，我機票吊銷了。

因為今天下雨，因為頭髮剪短。

沒有千鈞一髮的相遇，只有差之毫釐的錯過。

你從口袋裡頭摸出來的可能，像皺皺的紙鈔，舊舊的花花的你的想像我全都採信。

我從嘴裡吐出來的可能，像遠遠的泡泡，粉粉的軟軟的我的想像我全都輕視。

可能可能可能，可能怎麼澀澀的。

我不給祝福。我憎恨你們任何銘心刻骨的可能。

我頭好痛，從脖子痛起，沒有幸福的預感。

內臟黏黏的。

嘴巴開開的，不確定的親吻，澀澀的。

我圍繞你構造的建築太多，垮垮的，肥肥的，刺刺的。

我是這屋裡的間諜。
愛意苟活太久，睏睏的。

老派約會之必要

Track 26

帶我出門，用老派的方式約我，在我拒絕你兩次之後，第三次我會點頭。

不要ＭＳＮ敲我，不要臉書留言，禁止用What's App臨時問我等下是否有空。

你要打電話給我，問我在三天之後的週末是否有約，是不是可以見面。

你要像老派的紳士那樣，穿上襯衫，把鬍子刮乾淨，穿上灰色的開襟毛衣還有帆船鞋，到我家來接我。把你的鉚釘皮衣丟掉，一輩子不要穿它。不要用麝香或柑橘或任何氣味的古龍水，我想聞到你剛洗過澡的香皂以及洗髮精。因為幾個小時之後，我要就著那味道上床入睡。

我要燒掉我的破洞牛仔褲，穿上托高的胸罩與勒緊腰肢的束腹，換上翻領衫，將長袖摺成七分，穿上天藍與白色小點點的圓裙，芭蕾平底鞋，綁高我的馬尾，挽著你的手，我們出門。

如果你騎偉士牌，請載我去遊樂場，如果你開車來，停在路邊，我不愛。

我鄙夷那種為愛殉身的涕淚，拒絕立即激情的衝動，我要甜甜粉粉久久的棉花糖傻氣。

我們要先看電影，汽水與甜筒。

我們不玩籃球遊戲機，如果真愛上了，下次你鬥牛的時候，我會坐在場邊，手支著大腿托腮，默默地看著你。

我們去晚餐，我們不要美式餐廳的嘻哈擁擠，也不要昂貴餐廳的做作排場，我們去家庭餐廳，旁邊坐著爸媽帶著小孩，我們傻傻地看著對方微笑，幻想著樸素優雅的未來。

記得把你的哀鳳關掉，不要在我面前簡訊，也不要在我從化妝室走出來前檢查臉書打卡。你只能，專注地，看著我跟我說話想著我。

我們要散步，我們要走很長很長的路。

約莫半個台北那樣長，約莫九十三個紅綠燈那樣久的手牽手。

我們要不涉核心相親相愛，走整個城市。

只有在散步的時候我們真正的談話，老派的談話。

你爸媽都喊你什麼？弟弟。
你的祕密都藏在哪裡？鞋盒。
裡頭有什麼？棒球、兩張美鈔以及書刊。
你寫日記嗎？偶爾。
你養狗嗎？毬魯。
你喜歡的電影是什麼？諾曼第登陸。
你喜歡的女明星是誰？費雯麗。
你初戀什麼時候？十五。
你寫情書嗎？很久沒有。
你字好看嗎？我寫信給你。

你有祕密基地嗎？我不能告訴你，有一天，會帶你去。

我笑了但沒說好。

你可以問我同樣的問題，但不能問我有沒有暗戀過誰，我會撒謊。這是禮儀。

我們走路的時候要不停說話，紅燈停下便隨著節奏沉默，鬆鬆又黏黏地看彼此。

每次過馬路，我們要幻想眼前的斑馬線，白色橫紋成為彩色的。

紅、橙、黃、綠、藍、靛、紫，一條條鋪開。

踩過它們，我們就跨過了一條彩虹。

過完它，我們到達彩虹彼端。

一道，又一道。簡直像金凱利那樣在屋簷上舞蹈。

我們如此相愛，乃至於渾然不覺剛剛行經命案現場，沒聽見消防車催命趕往大火，無視高樓因肉麻崩垮，雲梯上工人摔了下來，路邊孩童吐出了雞絲湯麵，月球因嫉妒而戳瞎了眼睛。

送我回家。在家門口我們不想放開對方，但我們今晚因為相愛而懂得狡猾，老派的。

不，寶貝，我們今天不接吻。

一週和未來的一週

Track 27

無法優雅的老去。優雅需要距離，而距離，會冷。

欲望蒸出了皮膚，倏地冰冷。

子宮外緣滲水，腳趾甲正在剝離，給小狗舔舔。

為了餵養姿態，不讓醜態畢露，每日儲存一點與他人的距離，以為美感與安全感的長期投資。

圈起圍巾保暖，同時遠離。

一天儲存一公分。

一週拉開一公尺。

總有一天遠到足以被愛的距離。

但意外不規律的發生。

儲存到三萬英呎的距離，沒料到一次酒醉後的崩潰或是唱歌暴烈的失控，距離撲滿全部碎裂。

次日醒來，出自羞恥、罪惡與不安全感，便計畫更大規模的距離儲存計畫。

才華換不到陪伴，文學贏不到擁抱。

有生之年，八萬英呎。

我不書寫被棄者。我是被棄者。

拿人生換小說的對價關係值不值得？利息是魔鬼般的常態性頭疼。

整個屋子的憂鬱症患者，滿室議論的意見領袖，他們色盲般地愛穿混濁灰藍、不飽和色階或者是鹹菜色的上衣。

不夠正式到搬上檯面的襯衫，不夠休閒到可以出遊的襯衫，誤把不夠準確當成曖昧性的仁義道德。而他們的袖角還有昨天的脂粉汙垢。

女人靜默地等待著遲遲不來的月經。

請愛我。這樣的邀請暗示著拒絕，喃喃著屈辱。

屈辱站在前方不遠處，你要懂得避開，別請它進門。

於是我們只在臉書上趴替跳舞，仰賴陌生人的散漫溫柔。

這裡打臉不看身體，沒人發現你擦了無法吸收的身體乳液，全身如同將死魚類一樣地吐著混濁泡泡，一開一合。印在全身的指紋導致發炎，但因為距離，之前省吃儉用儲存的，便可以盜用美感。

我自由地山寨著山寨，從容地盜版著盜版，沒人發現我們挪用仿冒他人的普通生活。

我可以預言這將是寂寞的一個星期。

週一在無聊會議與瑣碎信件的往返中恍惚。

週二要洗頭護髮修指甲，銀行轉帳。

週三參加死去朋友的告別式，知道她臨終前都還心碎苦痛，不過我們有默契地將悲傷限縮在適合流淚、眾人可以接受的情緒最大公約數上，說好似地，我們只要為失去她哀傷，不要為了她的哀傷而哀傷，以免陷入思索生命更大的哀慟。

教堂的聖經，城邦崩毀，混沌離散，多麼妖異。

週四手淫呻吟與貓玩耍。

週五趕赴邀約，因為半熟不熟猶豫萬分，但想到適度的人際活動可以儲存更多距離，於是穿著打扮噴上香水出門。

週六清掃房屋丟棄舊物瘋狂健身。

週日下午最可怕。

全世界人類以複數型態踏青逛街購物，而我在附近的小公園發呆。

走失的兩隻狼狗撲上身來，我以為示好溫存，以為終有活體的熱度可以虛榮仰賴，沒想狼狗露出獠牙開始攻擊，我嚇得丟棄喝到一半的可樂鋁罐，逃跑時候夾腳拖鞋踩到大便。

週日下午，全天下是活著的死城。

於是我埋首工作，等待天黑，逐漸收拾下午的恐慌焦躁。

開始欣慰，還好有週一，還好有無聊瑣碎的會議與信件。

還好有週二，洗髮護髮修指甲。

週三也變得可以忍受了。

整個四月

Track 28

你一定不愛我，坐在馬桶上發呆，我怔怔覺得眼睛酸。

你就是不愛我，你只是不愛我，你不過就是不愛我。

不愛我又不犯法。

誤導我，戲弄我，調情我，這些也都不犯法。

看電影時你只看銀幕，看完不約我喝東西聊心得，急著走，回家後我看到你在線上與朋友情人分享電影心得。

我們消夜，你速速吃掉整份臭豆腐與肉圓，我喊口渴，你帶我去便利超商買瓶礦泉水，站在店門口吹冷風，急著等我喝完走人，完全無視於我在灌著冷水吹著冷風，眼睛一直偷瞄對面有溫暖黃燈的星巴克。

我仍然眷戀初始的心有靈犀，幻想你的急躁可能是緊張。

於是整個四月我沉在河流底層，不肯上岸，頭髮貼著河床，泥沙碎石順著毛孔滲入腦子，灌進喉嚨與身體，我什麼話都不想聽，什麼字也看不下。慌張濃縮成石塊，張皇凝結成岩壁，天空的陰暗漩渦成狂流，半點都動不了。

我其實知道突然會有地震，朋友會猝死，人會消失，我會暴斃，人自然也會不愛。

只能沉在河流底層，穿著我白綠格子相間的泳衣，頭髮延伸成濾網，試圖與水流較勁抵抗，雙魚螃蟹知更海草纏在泡水枯黃的髮結圈套。

走不遠，跑不快，思念也不高貴。怨不成，妒不全，憎恨也成不了局。

我的整個四月處在想死苟活的牽連之中。我的整個四月處在想愛恐懼自燃的虛無之中。我的整個四月處在憤怒化成自棄的委屈之中。

我知道這人世沒有誰非誰不可，我了解沒有我你仍然吃喝拉撒，你喝著你的木舌根本無能品味的紅酒，你打著你根本毫無協調能力的高爾夫球，你說著你自以為幽默的笑話，沖泡著淡然無味的咖啡，看著無聊綜藝在大學誨人不倦，看著空姐把著護士與教授訂婚，與明顯沒有才華充其量當當名媛的提琴家調情。

你擔心你的血壓，你擔心你的中年危機，你還想抓住幼時的一點純潔與奇想，你沒想到奇想是限量商品，純潔很貴，而我不提供廉價品，你節儉計算，繼續使用褪了色打過折的愛情條件政治理念與社會改革，這種消遣比較符合精英的成本。

你坐在馬桶上的時候根本不會想我，你只是抓著肚腩整圈的灰白油脂，用力氣喘，全心全意愛著自己，並且猶豫著抗拒著你其實作足歡迎的腐敗，在退化混沌的過程中習慣性作樂。

你的一切都令我疲勞。
你現在發胖成河豚一樣的丑角，你現在腫脹如泡麵一樣油膩爛軟。
我對天空呼氣施咒。

整個四月，聽美空雲雀。
整個四月，戴著墨鏡哼歌。
和你我從未牽著手，和你我從未走過荒蕪的沙丘。
有時候。有時候。
整個四月，你都不在。

於是，整個五月，變成遠方悶著發酵轟轟的一場假性雷雨。

整個四月是首寫壞的歌詞。

你不愛我並不犯法，我早忘記你說的以後以後，我失憶於你說的末日早晨想要一如往常。別擔心。

你不愛我不犯法。我轉個圈圈，扭腰擺臂，下台了。

關於五月

Track 29

魔鏡，魔鏡，誰是世界上最美的女人？

我直視前方，平庸而深情，神魂抽取至空亡，進貢宇宙。

是你。你說。

於是我把雙眼挖出來了給你。

魔鏡，魔鏡，誰是世界上最美的女人？

是你。你說。

於是我撕下整片黏著長髮的頭皮給你。

魔鏡，魔鏡，誰是世界上最美的女人？

是你。

於是我敲下整嘴的牙齒給你。

魔鏡，魔鏡，誰是世界上最美的女人？

是你。

於是我剝下一片一片指甲，貼滿整個黑夜，星星照耀你臥床的臉。

我老是想見你，幻想各種我們在街頭巧遇的情景，我老是避免見你，不願你見我，恐懼與你面對面雙眼對視。我極度害怕你注視我。我相信如果你看不到我，才會真正愛上我。因此每次聽到你說美，我就必須去除掉自己的某一部分好讓自己更美一點。我沒辦法在你的眼睛、我的魔鏡之中，暴露自己，我無法見到你見到我滿臉滿身的缺陷如瘡如膿發滿。我不能照你這片魔鏡子。

看我做了什麼事情。

我必須確認你的電腦沒有離線留言功能，然後拚命留言給你。

我發誓我們下次見面一定如兔子一樣歡愛，卻總是小心地移開我的身體。

我選擇你出外的時候潛進你的房間，吸取你的氣味，睡你的枕頭，穿你的襯衫。

我整理你房間裡凌亂的衣衫與發票，歸位之後又深恐你察覺有人來過，我憤而將剛剛整理好的一切全部弄亂，恢復原狀。

我對著你讀過的書唱歌。

我處處搜索你的回憶，並且嫉妒著你的回憶。好奇怪，我可以正視你的回憶，卻無法正視你的眼睛。

我想要緊緊抱著你，因為怕你看我，我從背後環住你，臉貼在你的襯衫上。

你的眼睛是我的眼睛，你的眼睛是我的鏡，你是我的魔鏡。

我看不到我，我必須靠你來看我。我不願意見你，因為我不願意見我。

偶爾我發狠地幻想，你看我，你真正看到我。

其實我要這個的，我要我空亡成灰你也眷戀。

我的臉我的皮膚我的牙我的眼睛全都扒下挖空了，我要你看著這空洞仍然說美。

除了童話我其他都不要。

我們之間多麼甜美。

我不能照你，我不能照我自己。

你可能根本不存在。

我們之間的情境無可避免地走向僵持。

我們的身體各自藏著好多對過往的猶豫以及對未來的恐懼遲疑，總是一動也不動。

我們端坐成為兩座深鬱蓊綠的大山，對坐之後，我們仍將視線錯開，一左一右朝外凝視。你當然沒看到我轉身流下的滂沱眼淚淹成平靜大湖，湖後餵養著飛魚森林與白鳥。你一定也不知道我穩穩與你平靜對峙，吐納氣息，心裡只是一隻因假性懷孕而脹奶疼痛的母貓，瘋狂地想要舔些什麼寵些什麼摩搓些什麼。

是的，偶爾我幻想真正的美麗，一時之間天地動搖，你竟然起身，捧起我身後的那杯大湖，靜靜喝下。

於是，我們一起蔓延開來，成了地球。

但這一切不會發生。

魔鏡，魔鏡，誰是世界上最美的女人？

是你。

魔鏡，魔鏡，誰是世界上最美的女人？

是你。

此時是你。

小小六月

Track 30

你上次給我的溫柔，大概只能再支撐一個禮拜而已，請不要怪我，我已經省著點用了，這段時間我盡量不要一口氣太過激烈，慢慢舔著，慢慢細數。我當然疑心自己對溫柔的癮頭太大，也偷偷埋怨你給的劑量不足，導致現在擔心補給的匱乏與正當性，又擔心這般屢次溫柔，我快因抗藥性必須加重施打的次數與劑量。

而你好溫柔。

讓我們永遠都不要大聲說話，我貼著你的耳朵叨叨絮絮，說變態鬼怪。

我討著換著你的什麼。用藥不經思考。

而你好溫柔。

服用你的溫柔我便忘了要走，忘了我們多數時間屏住呼吸的猜忌猶疑，忘了你的輕慢，也忘了你總是忘了。

我知道你的溫柔廉價方便，一點點善意加了起雲劑變得黏稠甜蜜，而我習慣。

我們擁抱的時候頭頭肩肩肚肚對對。

「你身高的劑量對我剛剛好。

你的眼睛直徑過長圓睜，無神的玻璃珠也能七色生光。

你眼睛的分寸對我剛剛好。

過街的時候，我總想，踏過一階斑馬線便是一色，紅橙黃綠藍靛紫，一燈一燈接連發亮。走到那頭，我便走到彩虹的彼端。

添加物與色素好溫柔。

我上次真正要戒你的溫柔，因為發現你的愛人是小型犬，而我是咪。

我對我們之間真真感到絕望。

你與小型犬女人共同替未來買了保險，你們去熱帶海域潛水嬉戲，你們看過大山大湖，你們規劃好了一切未來，你們做足了準備預防一同老去的閃失，你們認定彼此，你們綁在一起。而你又低低地告訴我對未來的無從想像，除了偶爾被突如其來的欲望穿刺，那時才對人生感到痛楚，對即將發生的可能感到失措。但大半的時候都好，你說，其實人生都好。

親愛的你保了究竟誰的未來，你也終究得活那誰的未來。

我想你不應該繼續對我施打任何溫柔了，那些劑量讓我站在街頭恍惚停步，無法前行。一劑便是一流年，一劑是一蹉跎。

我戒除溫柔的方式按部就班，腳踏實地，正如戒酒戒藥戒哀愁，一分一分算，一秒一秒計，戒一天是一天。今天可以自主不依賴，或者這一秒想念顫抖抽搐，仍能堅持自己，不要伸手找你。一日的最後一秒滑過，躺在床上輕輕撫著自己，這次我又多戒了一天。

然後一天，於是又可以一天。若有我一天失控想你找你，生吞了所剩不多的溫柔存量，次日便要自己重新開始，再戒一日，或者多戒七分半鐘也好。

那戒毒的過程沒有終點，人生也不可能恢復正常，只是只是，今天比昨天多戒了一天。又是一天不沾。

隨時鼓勵自己，多撐一小時，提醒戒掉吃溫柔的習慣。

你正在戒除我給你的溫柔嗎？今天比昨天多撐了一些嗎？

我給的溫柔沒比你給的不廉價，我給的劑量特意比你習慣的加重心狠。

也許你不用戒除，或許你不想改過自新，你去便利超商尋找別的廠牌別的溫柔，瓶罐裝的，鋁箔包的，紙盒裝的，寶特瓶的，乾燥粉劑的，膠囊的，銅板錠劑，糖漿，三合一沖泡的。

止不了真正的匱乏，但架上開放自取的這麼多溫柔，口味不同，香味不同，癮頭總是可以暫時平撫。

暫時，此時，彼時，又多一時，於是此生。

我沒差。反正我沒差。

吃了溫柔的寂寞配方，吃了寂寞的溫柔配方。

不痛不癢的，眉目混淆的，總是不至於生死交關的。

我偷偷打到你血管裡的，你默默餵食我的。

一口一口，一針一針，一劑一劑。

我們好溫柔。

你就是他愛的那個人嗎

Track 31

你就是他愛的那個人嗎？

我連呼吸都變得謹慎，看你不敢使力，用我不曾練習過的溫柔。

你就是他愛的那個人嗎？

我垂下眼睛，聽到遠方森林的鹿鳴，灰熊的吼聲及狼的嚎哮。我眨了眼睛，睫毛感到濕冷月光落下的重量。

你就是他冷落我之後轉身投奔的那個人嗎？

你就是我整夜心悸他相擁而眠的那個人嗎？

你就是他對我欲言又止但對你開懷大笑的那個人嗎？

你就是他牽著你的小狗看起來快樂得像寶貝的那個人嗎？

你就是他挪開我的擁抱但緊緊握住的人嗎？

如果我懂得嫉妒該有多好。我怔怔地看著你坐在我眼前。你好輕鬆地將自己攤在我面前，你似乎沒有微笑這種尺度，張嘴就是露出整排白齒的笑法，你決心將你的好惡你的臉孔，烙在我的網膜上，要我記下來，最好可以趁此鐵心。

如果嫉妒是一種衡量感情的尺度，我這一生可能從來沒有能力真的愛誰。

我不是那種為情所苦的人，我不是掠奪成性的人，我的家族沒有這種遺傳，這次我卻出了自己沒法控制的、反覆想念他至灼痛難耐的差錯。

而你就在我面前。

你坐下來我就知道你們是命中注定，你們長得好像，笑起一模一樣。你的神情篤定些，他的眼神飄忽點，任何人都看得出你們是宇宙伴侶。你們連眼角的魚尾紋都一模一樣。你們走過好多里程，還會一起走好長的路。你們站在一起像毛色發亮的一對斑鳩。

我想告訴你不要介意，他告訴我的，你是他身體的一部分，而且是比較好的那一部分。我只要想念他，就反覆提醒自己這話，制止自己移動，僵結所有感官的運作。

像是賽事起跑的突然靜止。

我也沒想過事情怎麼突然就成了現在這樣，這個父親的女兒與那個父親的女兒，對面而坐。

是出於對父親尊嚴光榮的捍衛嗎，如同護城河上那些號角與旗幟的鮮明標記？你將你的愛情用臂膀桂冠一樣地護衛，我更清淡地表現不以為意。你忍住對我咒罵的衝動，我壓住拔腿就跑膽怯哭泣的本能。

但我有時候也不免對人世感到恍惚。那麼多人，這個男人的女兒被愛，那個男人的女兒不被愛。關於愛的不平等血淋淋地擺著，人們視而不見，難怪我不喜歡愛而喜歡痛苦的概念，只有在痛苦之前人人平等。

他會成為什麼樣的父親呢，你們幻想著什麼樣的女兒呢？

其實剛剛我第一眼看到你直覺地想到我母親。大而美麗的眼睛，全開的笑容，固執地相信自己所相信的，認真地堅持著自己所堅持的。你們有種對自己脾氣輕易放過的自信，你們有種出類拔萃的核心。我母親喜歡你這樣守時的女孩，沒有過度打扮，烘焙麵包，你們並且執迷於旅行的行為與概念，登大山看大湖，小狗撒尿似地走遍世界地圖上的不同色塊抬起後腿，你們對自由自在有種膚淺的制式印象的信仰，你們覺得自己不追求人間虛華形色。我母親不知道幻想了多少次你這樣的女兒，你像是年輕版本的她或是她來不及活成的年輕版本，然後你們會無話不談。

要是我懂得嫉妒該有多好。

我們看看對方就好了吧。你正在看的人是我父親的女兒。

相較你的濃眉大眼、正直堅毅、價值清楚、為愛付出，我沒有組織，幼稚任性，固守自閉，恐懼漂流，眉目清淡得用橡皮擦可以立刻在他的生命中清除。

你秩序井然，我雜亂無章，但我們都是地獄。

你是他愛的那個人。

曼珠沙華

Track 32

歡迎你來，我陪你走這一段黃泉路，過這一座奈何橋。等一下就到了橋邊的孟婆亭，你要喝下一碗孟婆湯，然後關於前世的纏綿，放不下的最愛，會從此消失，好像一切不曾發生過。投胎之後你不會記得前世的曾經，繾綣纏綿，血海深仇，全部消磁歸零，人生重新格式化。

孟婆是個奇特的女人，她永遠不想過去，也不計畫未來，就是你們活著的時候喜歡說的活在當下吧。她在奈何橋邊等你，等著為你端上她準備的那碗孟婆湯。你排著隊，看著眼前一個一個魂魄喝完自己的那碗湯，邁向另一場新生或下一世動盪或下一次折磨而渾然不覺。

你注意到這整隊排著等著丟棄自己過去的人的特徵嗎？

他們的眼珠都是混濁的。這些人，包括你在內，都被人世一生的迷離與苦痛，愛與遺棄的煎煮，折磨到失去了清亮澄澈。

等一下，你就站在孟婆面前，怯生生地報上自己的姓名，看著前頭的人怎麼做就好。我也知道你心中百轉千迴，充滿著欲淚問天的不捨。難道就要讓過往的愛恨記憶全部消失嗎？那樣咬著啃著握著揉著蹭著深埋的萬般不捨的你的眷戀，這般弄痛弄殘你的，都是靈魂的哀歌，音頻的共振，你怎麼捨得又怎麼甘願剎那間遺忘？

我知道你在想什麼。當我們選擇遺忘，讓一切歸零，當作從來不曾發生過，我們等於否定了從痛苦中獲得救贖的可能。

親愛的，我知道。

孟婆回頭在藥櫃般壯觀的陶瓷中，挑出一個上頭貼著你名字的碗，輕輕呼喚，重新確認，要你喝下，祝你遺忘。

在你喝下之前，我要告訴你孟婆湯的配方。

你以為每個人喝的都是同樣的汁液嗎？你以為那是她煮了鍋成藥一樣的湯，每碗都一樣嗎？錯了。要不然你看那碗上為什麼貼了每人的名字？因為每個人的配方都不同。

你的那碗湯，就是你一生流下的所有眼淚，收集起來，經過熬煮精鍊，成為這一碗。

喝下去吧，你看每個人，喝下自己的眼淚後，混濁的黃灰眼珠快速變化，一邊遺忘，一邊恢復晶亮清明，失能的碎落的靈魂片片一時之間就像被強力膠黏結，雷射重整，裂痕撫平，長成為嬰兒般的健壯柔軟。

滄海桑田，不過彈指。

你猶豫了，我看到了。就算一雙雙半閉的眼睛再次張開就成明鏡，你還是痴傻到不想放手？

你確定嗎？

那麼，我偷偷告訴你，其實不一定要喝那碗湯。

奈何橋下是忘川，不喝那碗湯，另一個選擇就是跳下去。跳下去，你就不用遺忘你痴愛眷戀的人。但你必須跟孤魂野鬼、眼珠掉出來的舌頭吐出來的惡靈，一同沉淪在髒膩的忘川河水裡，一千年不得超生。你必須懷著痛著苦著的痴戀，眼睜睜看橋上你愛的人，在千年裡一次又一次經過，一次又一次遺忘，過他一世又一世的人生，重新去愛一場又一場。你怎樣呼喊他也聽不見，你記得他他早已忘了你。

你受得了千年的等待與遺棄之苦嗎？

你還有一點時間。讓我領你看看橋的兩側，滿山漫開的血紅花朵。

這地獄花朵叫曼珠沙華，盛極如夢似血。花開的時候葉子枯萎，花謝的時候葉子繁茂。花與葉共為一體，但永世不得相見，兩人的思念永遠不同步。

親愛的。

親愛的。

你沒認出我，

你還沒有認出我。

你終究沒有認出我。

你不是我的菜

Track 33

你的眼睛太大，氣質軟弱機巧，聲音平庸猶豫

你不是我的菜
你畏畏縮縮，試探迂迴，作弄他人，自私自利

你不是我的菜
正如我不是你的菜

你不是我的菜
你輕浮游移，拈花惹草，沒有理想
你不是我的菜
你自命清高，自以為是，自我中心，傷害他人且不以為意

你不是我的菜
正如我不是你的菜

你不是我的菜
你站得太過靠近，防備性極強的我卻沒有向後退開或是推開距離的本能抗拒
你不是我的菜
我的身體卻完全沒有產生厭惡背棄，還生出一點趣味的熟悉親暱

你不是我的菜
然而我偶爾幻想

我們去超市一同採買
我偷偷看著你對著不同品牌的衛生紙筒比價
經過不同尺寸的衛生棉區露出似笑非笑的表情
我也偶爾幻想
你看著我粗糙卻賣力地想要拖完整個公寓的地板
皺著眉頭（顯然是對我胡亂不潔的過程與不妙的結果）想要斥責卻只能傻笑
我還會幻想
我們在冬天早晨跑去提供大份量美式早餐的咖啡廳
吞下超過平常食量好幾倍的煎蛋、火腿培根與馬鈴薯
忍住飽脹的不適
各自看著眼前的報紙
你假裝沒有看見我偷偷放到你盤裡的吐司並默默地理所當然地將它吃掉
我幻想
我跟朋友跑去雷射除斑，滿臉紅腫疼痛，繼之黑色點點的結痂
你氣得想罵人，覺得我像滿臉麻子的瘋婦
完全沒有性慾，卻還是輕輕敷衍地拍拍我的背

你真的不是我的菜
正如我不是你的菜

你不是我的菜
我一眼就看到你靜默的幾秒與退縮
其實是躲在自己的回憶裡頭眷戀著你真正的情人
你不是我的菜
你漂浮多疑，因此也懷疑我賣弄風情
你不是我的菜
你計較貪心並且善於為自己的不忠找藉口
你不是我的菜
你無法讓我信賴安心可以將頭擺放在你的肩膀上嘆息
你不是我的菜
你的祕密太多太亂，卻又藏得不夠深
你不是我的菜
我不能拿我的脆弱當作抵抗人性的屏障或是你偽裝的善意

你不是我的菜
你喜歡撒謊
你不是我的菜
我不能忍受這些感覺都是出自我們對命運無可無不可的妥協

你不是我的菜
正如我不是你的菜

你不是我的菜
儘管我幻想過同你搭很長的車，看很遠的景
儘管我幻想過我們害怕寂寞卻又善體人意地在旅途上不發一語
避免開口就造成傷害
於是我們只是猜測，沒有聊天
並且不知道在看天空的空檔，我看很久的你

你真的不是我的菜
正如我真的不是你的菜

米榭兒，我會愛你一萬年

Track 34

米榭兒，悲傷的姊姊們，我會一直愛你們，但我必須先走了。

你們慢慢喝，今天晚上我會為你們唱整夜的歌，明天起我就不來了，今後我要過七點起床十點入睡的人生。

朝迎旭日升，暮送夕陽下。

不要問我那個男人值得嗎？不要質疑我們是不是彼此的最

愛？這樣的問題對於晃蕩到人生這季節的人來說，天真到殘忍。

我從小看著你們這些姊姊，強悍壯烈，毛色鮮亮，我從來就沒法子跟你們一樣。我黯淡躲藏，靜靜在吧檯後方默默地看，豔羨著你們的豪傑，心碎於你們的脆弱。我沒有飛天的志向，也沒有驚人的意志，我從來不曾真正存在，因此也沒有自由可以喪失。我始終是妳們視而不見的飄浮泡沫，用溫柔包覆你們的身體。

重點是我喜歡為他煲湯，他讓我覺得什麼話都可以跟他說，我們總是散步。

我相信，等到他療好他的傷，我療好我的傷，假以時日，我們便會真正相愛。

米榭兒你要不要開門讓我進去扶你？我從這邊都聽到你的痛徹心扉的嘔吐與哀嚎？

把頭靠在馬桶上？那我坐在門口陪你。你慢慢來。

我走了以後你們要好好的。

要好好對待潘蜜拉，她看起來強硬難以親近，誰都不能挑釁她，其實心軟得跟棉花糖一樣。她旅行各地，卻嘗過太多薄倖，她之前的藝術家男友是個貨真價實的渾蛋，長得醜不打緊，那份刻薄與忘恩真是令人難耐。而潘蜜拉說，他們總是朋友，畢竟他照顧過她。她笑起來多可愛你知道嗎，然而人生偷走了她可愛的小虎牙與微揚的嘴角。

後來她終於遇上寵愛她的男人，終於人生找到可以相伴一生的伴侶，那人卻身纏重症。潘蜜拉幾度崩潰痛哭，第二天醒來又覺得自己早就超脫，接受無常也就接受了無償，仍然可以主持跨國會議，威霸一方。等她流浪回來，妳要好好疼她，但千萬不要安慰她。

還有三個月前剛送走母親的芳芳，她有著西方人才有的深目與長腿，一身的見識卻只能逐漸蹣跚，蜷居小窩。她母親在時她受盡控制，看盡業障，她母親走了她只覺無依。她的眼睛不好了，你要常常喚她出門玩，上下樓梯的時候要扶她，要讓她覺得自己沒被遺棄。她喜歡紅酒勝過白酒，她喜歡鮭魚豆腐煲。

月朦朧鳥朦朧，晚風叩簾籠。

米榭兒，這不是一簾幽夢。

你要注意燕子，不要讓她再去那個道場了。

那個上師看起來像色鬼，她還拉下老臉募款。大大小小的道場法師只要看到媒體文化人與有錢人就拚命吸收，貪的跟一般人一樣，不就是虛名與實利，信徒的死心塌地不用成本。我賭咒我在那個女信徒膜拜的眼中，看到的是少女漫畫中的夢幻星星，不是哲學的清明之眼。

你順便告訴芳宜，那個心靈成長課程不要去了，世界上真的有壞人，不是正面能量就會吸引正面結果，祕密只是一本暢銷書而已。

還有優雅的迪娜，她坐擁豪宅與財富。她曾經拋棄家庭也嘗到背叛，我無法忘記跟她泡在溫泉裡頭，驚訝見她過了更年期仍有豐滿高聳的乳房，細緻的皮膚與腰肢，她卻只是哀傷看著前方樹林。

米榭兒你真的不要擔心我了，我們會幸福。

你把歌本給我。

米榭兒你其實為那男人心動吧。那個凌晨，你坐在他腿上輕輕晃動，說著小時候的事，重複看著照片，交換傻話。

你說你拒絕他？因為他說愛你一萬年但你不信？

就算他真的愛足一萬年，你終究只得一場多麼痛的領悟？

愛男人，不要信任他們。

寒風吹起，細雨迷離。
我唱歌真的好聽嗎？
是的，這男人是我偷來的。
他今天睡我身邊就不再是你的人了。
我偷得一宿也算恩義，賭到一生便是我幸。
你們是豪傑，我是戲子，但我明天醒來就成為好人了。

歇斯底里患者的犯罪告白

Track 35

我依賴的人，砍掉他的手。
我渴望的人，劃花他的臉。
我崇拜的人，戳穿他的心。
我好奇的人，閹割他的腦。
我愛的人，剁碎他，殺死他，全部。

沒人可以讓我牽掛，一個都不能留，我天下無敵。

他們是怎樣說你們這種緣分的？破鏡重圓。我盯著鏡上的裂痕詛咒你們分分合合且合久必分。他們怎樣說我們這種邂逅的？露水姻緣，命運的捉弄。你又何苦捉弄我？我又何必委屈，委屈尚且求不了全，委我的屈求你的全嗎？

山川如此多嬌，呸，我只覺得天地不仁。

仇恨讓我成為無懈可擊的劊子手，恐懼讓我敏銳出奇嗅得出危險，我日日複習回憶的痛楚，吃食隔夜加熱的懷疑，專注練習銳利的刀法。除掉所有的依戀，便不會受傷，便能自給自足成為一個完美運轉的自我宇宙。誰都不准靠近我，除非你立誓愛我比石頭還堅硬比未來還長遠。

不，這次你起誓我也不會信。

我的手上都是血。我在山頂用屠殺後僅剩的力氣，唱人生最後一首哀歌，隆重的怨恨，激切的陳訴。刺穿胸膛的歌聲，我的絕命高頻可以通天撼地。

不是我不愛，就算愛了我也預見哀愁的未來，就算要了我也知道背叛的到來。胡來的混帳，你付不出生生世世長長久久刻骨銘心的珠寶，瑕疵就是破爛。你無法一夫當關，我可以承受千夫所指，我不在意，我要你成我的靶。

風一吹我便聽到全世界颳起竊竊私語，細碎語言螞蟻一樣爬滿我全身，咬嚙性地疼痛侵擾腐蝕我的身體。

但我不怕，不怕與世界為敵。我都不愛了還有什麼好怕的？

左手揮出幻成梅杜莎的蛇髮，右手指天裂成閃電，腳一頓地海嘯狂捲。

被棄者的正義何在？我自己來下結論，我來製造結果。起碼我犯下的罪刑是我自找的，是我導演的，是美麗除以時間。

胖的床，窄的人。

赤的天，灰的地。

風的火，砂的月。

壞的欄杆，苦的凝望。

一面鏡子，百場干戈。

我飛天遁地，殺生無數，罪無可赦，死不悔改，賭咒綿延遠過世界盡頭。

淒淒切切我也唱得清清脆脆，字字句句搖搖晃晃我也念得清清楚楚。

你們怎能傷人薄倖掠奪財寶仍能感時傷懷道貌岸然且仁義道德？

沒道理你們的冤冤相報一回頭仍能百年好合？

沒道理我的真心真意一轉眼就是一晌貪歡？

這是什麼律法，殘暴不公。

在世人眼中我只是個悖離常規變態凶殘的惡女嗎？只因我的手上沾血？

僵化的腦子不要再讀書了，你不過尋求更多證據佐證狹隘。

沒有天分的手腳不要彈琴了，你不過擺弄姿態當個明星。

賣弄後設的不要再導戲了，你不馴的弱智寫寫藝評就好。

我心中的正義單純簡明地如同小學課本的第一章，為什麼你們這些揮舞正義旗幟的隊伍要對我苦苦相逼迫害指責？

死亡是統合狂喜與絕望的工具。

十公尺思念織成的紅毯，檳榔汁吐出來的。

三丈長的纏綿是電腦合成的單向關係，當真就踩空。

你弄髒了，你弄皺了，碰壞了我原本光滑的純真。

我充滿嫉妒。當你們連凝視都成孿生，我只能一刀一刀將我的捧在手中的溫柔剁成碎爛，散得一地的東西連狗都不吃。風吹過了腥臭散了，便什麼都沒發生過。

雜碎是雜碎，雜碎也只是雜碎。

天天。天天。

我再也不須等待繁星之夜，再也不須仰望滿月之時。今夜就了斷。

我瘋狂的花腔顫音連鬼神都驚泣，而你無動無衷。

十年

Track 36

近日我常想死亡的事情，益發明白我們此生再也不會相見。

涼薄的人世，熾熱的思念必然與稀微的緣分配對出現。

這就是老去的感覺嗎？親愛的，當你清楚地感受到時光在身體裡頭水似地一滴一滴下沉，從毛細孔織成之濾網滲出，身體的重量走了一半，滴乾了之後卻還是怎樣也擺脫不了那蒸也蒸不乾的濕漉潮意。

於是你起身，在夜裡的浴室，用鐵絲拚命刷洗著自己的內臟。

我最後一次見到你是在告別式上，看見你黑色西裝上頭的灰白頭髮，直挺地走到靈堂上香，那天太陽好大，你告別猝逝的友人。我一看見你的背影就顧不得禮儀站了起來，沒命地往外逃跑，生怕自己被你看到。我躲在很遠的角落，忍不住又停下腳步，怔怔地凝視你捻完香走出，與眾人寒暄，一個人站在禮堂外對著天空望。我心裡頭有一個很軟很軟的地方，酸了起來，立刻轉身上車走，我不要看著你走開。

老了就好。我們分開多年以後，有次我在錯亂之中撥了你電話，哭著對你說，老了一切就都好了，老了，就不再有欲望，不會有渴求，不會有痛苦。老了就都好了。

你說，老了不會就好了。老了不會不再有欲望，老了那欲望甚至更加猛烈，意志更加強悍，只是相對於敗壞的肉體、折磨的記憶催逼，那份欲望尷尬的困在體內。難道你以為老了我就成了變形金剛了嗎？

你說，老了以後，我們只能試著莊嚴，試著擠出一點點也好的慈悲。

我聽了更絕望，老了也不會好，時間竟然不能解決一切。

我到現在都仍驚奇於他人觀看世界的方式，他們在世間畫出一個江湖，幻想自己是比武天下求第一的少年俠士，誰是刺客，誰是將軍，誰是走火入魔的邪僧，誰又是人面桃花，誰是菩薩動念，誰是白面魔神。一個一個人被放上了標記與位置，一次又一次在虛擬的世界中過了關斬了將，豐功偉業。也有人將地球畫成羅曼史王國，誰攬鏡自照又獨向黃昏，誰椎心刺痛又愛恨難分。

而這世上真有江湖嗎？你是逞凶鬥勇這世間便化成戰場，你是花容月貌這人間便幻成情愛迷夢織錦。

我從不相信仁義道德的動機，倒在偏執瘋狂中看到幾分誠懇。

我總是謹慎地躲開複眼下的競爭硝煙，規避虛構的情事豔豔冉冉，卻怎樣也找不到自己觀看世界的方式。偶有歪斜到簡直聰明的體會，卻總不成個體系。

我只在意無聲無息的小事，有人疲憊地倒下，或者小小的純真遭到劫奪，或者不合時宜的認真遭到嘲弄。

其實時間過於永恆，看著我們它根本哈欠連連。

意識到這點，我開始崩解癱軟，不願廉價地製造藝術的傳奇，不能將就將愛進行到底竟是轟轟烈烈的口頭說說。逸樂糜爛是人之所趨，我會懶到滄海必然桑田。

然後便忘了我的親愛，便忘了曾經人來人往。

小小人

Part III

Track 37-56

姊弟

Track 37

姑媽的告別式上，我跟我弟並排坐，那與家族不相干的司儀以戲劇性的音調哭訴至親分離的難捨，加上行禮時播放俗氣音樂，刺耳地刮著耳膜。其實這禮堂是要求過了的，沒有過度俗豔的擺設，我還是不舒服地坐直了脊背。

可我弟很冷靜，他從小就很冷靜。

我忍不住靠過去小小聲說：「那個……我單身……」

他連正眼都沒看我：「嗯？」

我吞了口水，繼續小小聲的說：「所以……以後幫我辦喪禮的應該是你。」

他沒有反應。但我很熟悉弟弟就是這樣子，於是繼續說：「我的葬禮，就不要弄這些了，千萬不要找這種司儀，隨便找個我還活著的朋友就好，想上台說話的人就讓他說說話，還有音樂，我會先列一張單子給你，放我喜歡的歌，要不然乾脆不要音樂，如果你想找樂隊，要找品質好一點的來現場演奏我想聽的，但我想你會省這個錢，那就還是放我喜歡聽的專輯好了。」

我弟還是面無表情看著前方姑媽的遺照。他不理我，我很習慣了。

「你不要這種司儀？」過了好幾分鐘他突然低沉地說。

「嗯。」

「你不喜歡這種音樂？」

「嗯。」

我瞄了他一眼：「可以嗎？那就拜託你了。」

說到這裡我自己都有點感動。我看我弟雖然面無表情，但我猜想他一定也陷入要幫單身無依靠的姊姊辦喪禮的哀愁中。

結果，他說：「嘿……你求我啊！」

他補了一句：「反正你落在我手上了……」

我跟我弟從來就不是那種關注對方生活起居的親密姊弟，也沒有什麼共同興趣。我們不太交談，有時在外人眼中我們之間甚至是過度禮貌而疏遠的。我們只會偶爾對彼此放冷槍。

他說我是他認識最糟的女人，未來娶妻的智商底限就是我的智商。

我弟有張童星等級的臉蛋，長大卻成理工宅。我弟從來沒喊過我姊姊，他都叫我「小姐」。

念書的時候同學打電話來，我弟接的，回頭說「小姐，電話」。同學誤以為我家排場很大，傭人喊我「小姐」。

我曾經試圖扮演姊姊的樣子，他考上大學的時候，我跟我媽要了錢，帶我弟去買時髦衣服，因為他有一個同學聚會。我盡力為他打扮，要他穿上花襯衫配米色休閒褲。

晚上他聚會完畢回家，仍然一貫的冷淡面無表情。我按耐不住，晃過去問他：「你同學覺得你變帥了嗎？」

我弟沒說話，把花襯衫脫下往床上丟。

他說：「我同學只說『你姊搞出來的吧』。」

我知道我弟的人生沒有什麼是我能插手的了。

我們各過各的。他出國讀書好多年，他回來之後，換我離家多年。

我再回家的時候，我弟結婚了，有自己的家庭。

我跟我弟總是錯過。再相見，都老了。

看著自己的弟弟變老心情很複雜，尤其是我只能從他白髮增生的速度，明白他其實吃了苦，而我無能為力。

我最近常想起跟我弟相處的小事。

我讀書不太費力，但老幫男友寫作業。有次我幫某任男友寫報告，我弟經過，問：「這是什麼？」

我囁嚅著：「沒什麼。」

他回到房間，幾分鐘後又走出來。我弟說：「你戀愛不干我事。但一個男人連功課都要女友寫，這種東西不交也罷。」

他回房後，我的眼淚滴到桌面上。

我常跟母親吵架，獨自在房裡哭到氣喘。

有一個下午我哭了兩三小時停不下來，突然一盒面紙咻地飛過來，準確地砸在我頭上，我弟說：「你擦一下吧，今天太久了。」

他不問緣由也不安慰。

我認識一對長輩夫妻，相約來世還要相守，但是他們約定，來世不要再當夫妻，要當兄弟姊妹，因為這是業障最輕的家人，至親卻不一定落至怨恨。

我弟結婚那天，我負責收禮金。我扎實地把款項分類，帳目寫好。忙完了想進去吃喜酒，卻發現賓客太多，沒有我的位子了。

我獨自坐回外頭空盪盪的走廊，越過一桌桌客人，遠遠地望著我弟與弟妹，在擁擠中一桌桌敬酒。

「姑姑。」表哥的大兒子不知道什麼時候出現。

我敷衍笑了一下，繼續看著我弟。

「你別哀傷。」小男孩說。

我強壓住震驚，對過度早熟的小男孩鄭重澄清：「我不哀傷。」

「姑姑，」他說：「你看起來很哀傷。」

我看著他，跟我弟小時候一樣，深深的雙眼皮，高挺的鼻樑。

「我陪你。」小男孩跳上我身邊的椅子，晃著他搆不著地的兩隻腳。

我紅了眼眶，輕輕把手搭上小男孩的肩。

貓額頭

Track 38

秋子貓跑走了。

我撈起鑰匙奔出門，沿著陰暗巷弄呼喚尋找。

秋子，妹妹咪，寶貝，女兒咪。

一邊走一邊找我白軟的小母貓，一邊掉眼淚。

是太好玩了是迷路了還是受傷了還是你不要我了？

整個社區的貓好像一起消失似的，這是一場貓咪的集體出走嗎？我蹲在巷弄中，鼻涕從紅腫的鼻頭滴滴落在石子地上。

我回家點亮了燈，等待秋子回家，我必須相信她是愛我的，她會回來，我沒有別的選擇。

黑夜中下起雨來。我擔心我的小母貓淋雨受凍，再出門找。雨中的小巷黑黑濛濛，我的胃愈來愈緊。

沒找到。我昏昏沉沉地靠在床上。

半夜三點不知為何我突然坐起身來，打開臥室臨防火巷的窗，叫起秋子。

我聽到秋子喵喵地回應了。

我狠命地把頭從租屋的小鐵窗卡出去，見到我的白色小母貓夜裡發著光，在防火巷頭某棟建築屋簷上。她的叫聲開始委屈難過，我便知道她想回家找不到路。

小母貓看到我，可是沒路過來。她急了，從那家的屋簷縱身一跳，奮力跳到另一戶離我比較近的窗沿上。

我的心快停了，那是做了罩形防雨的窗沿。我的小母貓跳上去，根本抓不住，一直往下滑，她拚命掙扎試圖抓住。那個樓層高度，秋子要是掉下去，我不敢想像。

我們母女就在同一個防火巷的兩棟樓的斜線窗口，拚命叫著對方，就這麼近，都看到對方的臉。但是她怎樣也跳不回來，沒有鄰近的其他窗口可作中介，也沒有突出的梯子屋簷。

秋子掙扎著不讓自己摔落也不肯離開，我知道如果我一直站在她視線，一直喚她，她終會奮力一跳。可是看這歪斜角度與距離，秋子跳不回來，會摔下去。

我哭著心一橫，關起臥室的窗，把燈也熄了。要讓秋子明白這窗不是回家的路徑，媽媽不在這窗裡，也沒有燈，快快放棄離開，去找別的路。

這條路距離最近，但這條路不對。
我初始還聽到秋子在外的叫聲，然後雨聲大過秋子的叫聲。
我的孩子。
我聽人說貓額頭是奇特的地方，貓咪肯讓你碰額頭代表她接受你。我從貓咪還是北鼻時便每天按摩她的小額頭，迷戀地看著小虎斑紋如外星符號，逐漸收攏在兩眼中間，形成一個小尖角。
我從沒打過她，氣極也只用食指點點她的額頭。我喜歡拿自己的額頭與貓咪的額頭蹭，人生只有此時確認相愛。
天一亮我又出門去找秋子。
這次她停在鄰居的屋頂上驚嚇，太高下不來。
我上來抱你，不自量力的我對秋子說。
我先跳上鄰居停在牆下的摩托車，再翻上牆，但從那堵牆到高大屋頂，還有一段距離。懼高的我攀著鄰居的牆開始發抖，但母性讓我不肯放手。僵持太久，我攀在牆上的奇形怪狀給早起遛狗的鄰居夫妻發現了。
太太對丈夫說，幫幫她吧。好可憐。
鄰居丈夫叫我下來，他要幫我爬上去救貓。但他也爬不上去。
氣喘咻咻，他拜託太太回家搬梯子。

這一次，他順利攀上牆爬上屋頂，伸手抱秋子，秋子立刻跳遠。

他回頭對我說，不行，她怕我，她要你。

於是我攀著梯子爬上牆爬上屋頂，忍住懼高的僵硬，秋子慢慢走到我眼前。我突地伸手緊緊抱住秋子胖軟的身體，緊緊的。

下來吧，鄰居先生與太太叫我。

現在尷尬了，我說，下不去。

那對夫妻觀察我的處境，我在梯子頂端，兩手緊緊抱著貓，的確不知道用哪隻手支撐著下來。

太太下了決心對她丈夫說，你去抱她下來。

那個畫面極其詭異荒謬，像極了某種特技演出。

我兩手緊緊抱著胖貓，鄰居先生兩手緊緊環住我的腰，在梯子上，貓與我與男人黏在一起，扣著彼此。他往下走一梯，我便貼著著他的身體往下挪一梯，一階一階地，好久之後終於回到地面。

我回到家開始痛哭。秋子臥在我身邊，表情仍有驚惶。

我看著她貴氣又傻的眼睛，把她抱在我腹肚。

對不起這輩子我沒辦法讓妳走，對不起。

秋子竟用貓額頭抵住我的額頭，將小手掌平放我胸前。

物質的美好

Track 39

池塘邊，他遞出小便當盒，要我打開，裡頭是炸蝦。

他說，蝦子買的時候比較大條，不知道為什麼炸了以後，縮水似地。

黃金小蝦子彎彎曲曲地躺滿盒子。他一早起床上市場買蝦子，在廚房裡頭裹粉，親手炸。

我瞅著他，然後問，怎麼，你不會餵我嗎？

這是我收過的唯一情人節禮物。

人送你什麼禮物，多反映他自己的價值觀。不久以後，他也要我用食物表達我的在乎。

他堅持要我下廚煮菜，難吃也沒關係。

換我端出的小盒子，裡頭是紅黃相間的甜椒炒牛肉。

他吃到一半，我實在看不下去，搶過小盒子阻止。肉太老了，太鹹了，別吃了。他面無表情說，還行。然後吃完了。

想想我收過的禮物好少，左手一隻就數完了。

我收過一首歌。

對方拿起吉他，要我坐在對面。

我有禮貌地掛著笑。他中斷三次，忘了下面，吉他彈錯。他中斷問，不好聽吧。我搖頭，很好的，你繼續。

事實上，旋律怪，詞很土。他走音嚴重，我也不太明白音痴為什麼想作曲當禮物，唯一可能是他沒發現自己是音痴。

唱完了他尷尬，說，我送你別的？

我點頭，開口要一瓶指甲油。

物質是很重要的。在物質上慷慨的人，在情感上未必大方。但物質上吝嗇的人，在情感上必然吝嗇。

心意光用嘴巴說，卻沒禮物，這種人絕對不可信。那感覺就像是懷念祖先，用心就好，何必掃墓祭祖。很重朋友，何必寫信電話或見面。總在夜裡懷念舊人，所以根本不需照片。

現實是不去掃墓你三年都不會想起列祖列宗。不聯絡見面，卻說是好友，這種話是做直銷的愛講。不翻照片，你不追悔曾辜負過誰。

人沒有那樣高尚。形式很重要。

所有藝術史的演進就是物質與形式的一再革命與突破。以詩為例，因為既有的語言表達方式再也不能表達內心激切的感情了，因此打破了現有的形式，打碎了慣例，創造新的語言型態，滿足那份亟欲溝通的渴望。視覺藝術的進程也出自物質形式的一再變革，因為對這世界的看法新穎充沛，必須創造新的物質組合，形式到位，精神的進步相隨，前衛因此誕生。

愛情也是，必然飽含某種創造性的欲望。將心意轉化成某種印記，對過往賦予重要性與象徵性。物質是虛幻情意的穩固支點，物質與精神從來不站在對立面，而是彼此的救贖。

這不是拜金戀物，我真正明白物質的美好。

我身邊就有這樣的人，每天說思念，跟你談傅柯，卻連一杯美式咖啡的錢都不願替你付。還有長髮瀟灑男，你從家裡帶出兩顆大水梨，他吃完他手上的，還指著要你手上的那顆。你聽到他說，你家反正比較有錢，你常吃。

一個習慣掠奪或支配不屬於自己物質的人，必然貪婪無義。

當我摩挲喀什米爾披肩，感受到頸項之間的細緻柔滑，我總覺得，情人不死也會跑，物質與回憶會天長地久。

物質不滅定律，可情感無常。

很多年後，我一上捷運就看到他。心漏跳了一拍我本能轉身背對，然後我覺得蠢，頭低低趕緊避走到另一個車廂。我又忍不住從遠遠偷看。他雙腳夾著購物袋，閉眼打盹，我放心了，那代表他剛剛沒看到我以及我的蠢樣。

那個炸蝦給我的男孩，老一點，蓄鬍子了，現在不知是誰的父親與丈夫。但仍然明朗穩重，還是我當初一見鍾情的那張側臉。

遲鈍而飽滿的什麼東西在我裡面發作。

廣播到站，他以前總在這裡陪我下車。我抬起頭，想看他最後一眼。

他突然睜開眼，與我四目對視。

我驚叫出聲，往外疾衝。我對遲遲不能放手的憤怒難消，對已經放下的，那股護持的溫柔又強大到連自己都吃驚。

軟軟的，漲漲的，我在喘息中也才驚覺，過去了，都過去了。

說話

Track 40

那男人一走進來我就有種不祥的預感，吱吱喳喳，吵吵鬧鬧，聲音刺耳，一直說一直說。在這樣擁擠狹小的經濟艙長途飛行，沒有比旁邊坐著一個愛說話的人來得倒楣了。不要是我，千萬不要是我，他有一群同伴，他們會坐在一起。但我看見他走過來，停在我旁邊，開始擺放行李。

我吸了口氣，就是有這麼倒楣。我立刻把眼睛往下移，避免與他眼神接觸，把音樂耳機戴上。我還是可以聽到他呱啦呱啦地跟另一頭的旅伴大聲討論。

「小姐？小姐？」我聽到他喊我，「小姐你是要回香港還是回台灣啊？」

我決定當作音樂太大聲沒聽到。

他用手指碰碰我。我只好抬起頭來。

裝死好了。不，我靈機一動，裝日本人聽不懂中文好了。

我睜大眼睛看他，沒有表情，眼神裡頭刻意裝了大量驚訝與不解。

「你剛去哪些地方旅行？」他繼續，脫下身上的外套扭頭問。

我決定繼續演戲。把頭偏向一邊，鎮定地，眼睛這次裝滿無辜，眨了兩下。

他沉默了，我成功了。我微笑，聳聳肩，低頭調整安全帶與小毯子，覺得自己好聰明，逃過一劫，決定戴上耳機聽音樂，很得意。未來十幾個小時，只要一直沉默，就不需要跟這傢伙說話了。

「欸，小姐……那個，你是台灣人吧！」

那男人臉突然靠得我很近，他指指我腿上的東西：「這本村上春樹是中文本吧。還有，小姐，你書拿反了。」

我面紅耳赤，腦門充血，沒料到自己糗成這德性。我咬著唇說不出話來，然後惱羞成怒，站起來把腿上的書、小包包抱著，氣沖沖地走到另一個機艙，看到空位一屁股坐了下去。生自己的氣。

我還聽見那男人的嗓門從另一個機艙傳來，正在對他的旅伴大聲辯駁：「我又沒有惹她……我哪有惹她……我怎麼知道她幹嘛走開，要不然去找她大家講清楚嘛……」

我怯懦地用小毯子蒙住自己的臉，蜷起身體，睡著了。

多數的時候，我很怕說話，因為不太懂得怎麼跟陌生人合宜的說話，逐漸的就變得退縮。我會開會，談事情，但是，我不太懂得聊天。聊天不是談某一個主題，聊天像是兩個人要交換分享什麼，可我拿捏不了這分寸。

我怕美容院的洗頭妹妹或設計師喜歡聊天。

「你是做什麼工作的啊？」

「為什麼別人的上班時間你可以弄頭髮?你開小差對不對？」

有時候我把頭埋在雜誌裡頭，避免開啟一段談話。

因此我選擇的設計師，通常都不是技術好或是最合意的，我會選那個最沉默，最不想說話的人，長期固定下來幫我弄頭髮。

但小妹妹仍然新鮮，會探下頭來，一邊搓洗頭上泡泡，一邊彎進我跟雜誌之間：「你在看什麼啊？」

我只好咧出笑容，壓抑自己的害羞彆扭，開始說話。

一切都是因為寂寞吧。

因為寂寞做的傻事，因為寂寞犯的罪，我們都要寬容。人家只是想說話，你就要好好地陪他說，不要因自己害羞傷了別人的心。這是我每次對自己的提醒。

亟欲溝通的渴望，亟欲分享的迫切，才會讓這城市的每個人，一直說個不停。因為一直說卻不被理解，於是人們也忘了要聆聽。大家只好焦慮地繼續說。但大家拚命地說，說出的話卻不被傾聽，於是那些言語散失在空氣中，變成小小的漫天沙塵。

失效的溝通。

明知徒勞無功卻仍重蹈覆轍。

大家都像金魚在水裡拚命吐著泡泡。

按摩的時候，胖胖的按摩師一直說。

「你第一次來嗎？」

「嗯。」

「結婚沒？」

「沒有。」我按捺住惱怒，因為全身很痛很累，想要得到快速的紓解。

「為什麼沒結？你幾歲了？」我不回答。

「喔……喔，你全身都好緊繃喔，你是怎樣，很累嗎？」

「嗯。」我從鼻子哼出聲來。他的聲音好難聽，我全身好痛，他一直入侵問話，我無法放鬆，脆弱得想哭。

「這樣可以嗎？會不會太大力？我看你瘦成這樣。」我不說話，他更大聲問了：「欸，我在跟你說話耶！」
然後他拍了我的屁股：「你瘦歸瘦，但屁股很有肉耶！」
我爆炸一樣整個翻坐起來，咬著牙怒斥：「現在是怎樣？你現在是想跟我聊天嗎？」
那肥胖凸眼的男人說：「是呀！」
我咬著牙對他說：「可是我不想。」
他彷彿受了傷，不說話，粗糙用力的按我全身。

我的牙醫總是把鉗子夾子伸進我嘴裡後開始跟我聊天。
「這裡會痛痛的？有點酸？這裡嗎？不會嗎？」
「啊……啊啊……」我只能睜眼看他，發出呻吟。
「最近寫什麼文章呢？」
「啊……啊……」
「你今天畫了眼線哪，還有眼影，不過你左邊那邊眼線畫歪了。」
「啊……啊啊……啊啊啊……」
牙醫叫我漱漱口。我吐掉嘴裡的水，惱怒地問他：「你為什麼每次都趁著你在我嘴裡敲敲打打，我什麼話都不能回的時候，跟我聊天？」
牙醫愣了一下，聳聳肩說：「其實你啊啊啊的，我也知道你要說什麼哪。」

我狠狠地瞪他。

雖然害羞，老怕說錯話，但有時候我也會陷入那種焦躁瘋狂，拚命想要說些什麼，用力地、毫不間斷說話的時刻。

那份欲望如此強烈，可我卻不很明白自己究竟想說什麼。其實也沒有人可以讓我放心放鬆說個不停。

在這種著魔的時刻，迫切想要感覺自己與誰相應相屬的時候，我有時候會摸上臉書。

然後我便看到密密麻麻的言語碎片爬滿整個電腦。

細細碎碎的情緒粉塵，布滿整個荒涼之海。每個人對著得不到回應的銀河說話，這甚且不是語言的妓院，不須付出代價就挖出腸肚的魔域。每個人都回應著自己根本不想理解的言語，叨叨絮絮自己的身世。

永遠得不到回應的吶喊，永遠化不成溫暖的鼓勵。

你清清楚楚看到那個女人曹七巧般的刻薄惡毒，用吹火厚唇在不同人留言板上小丑跳梁。你也明明白白地看到，那個躁鬱症者五分鐘之內在十幾個人的塗鴉牆上貼滿的社會正義扶助弱勢的呼籲。

餓鬼的寂寞道場。

於是我滿腹想說的瘋狂欲望倏地冷卻。

於是我開門，進行夜間的散步，幻想自己是刺鳥，刺穿了胸膛，用血混著寂寞，便可以唱出絕美的歌聲。

主詞的使用

Track 41

藝術家跟我對著那幅抽象畫沉默。

「其實挺好的，」我對藝術家說，色彩運用與某種愉悅氣質其實挺有趣。

藝術家撇撇嘴：「我們看東西跟你們不同。你們這樣覺得好，我們未必這樣看。」

他的主詞不說我，他說我們。

像刀劃開一樣。

我開口：「你剛剛說的我們，指的是你跟誰？」

他沒料到我會直接問。他不回答，聳聳肩。

我知道他的意思。他說的我們，指的是「我及跟我一樣有藝術才能的人」，而你們，指的是「像你這樣的普通人門外漢」。

我的朋友曾經介紹我參與一個口述歷史研究方法的實驗計畫。口述歷史並不是訪問一個人，將這個人口說的一切全記下來，就可以作為史實資料這樣簡單。這個計畫強調的是口述內容的分析方法，從每個受訪者慣用的言說模式，分析受訪者特質及口述內容的關聯性。一個人慣用的言說形態，很可能會影響到他言說內容的可信度。

我進入研究室，博士候選人要我談自己的生涯規畫。

我的母親希望我讀自然組，我知道我天分興趣不在此，但我不希望任何人不高興，還是讀第三類組，但我選擇了不用修習生物化學的科系，經濟會計微積分。我知道這不是我想要的，於是默默報考了新聞研究所。但我知道這仍然不是我想要的，媒體工作跟我的本質不合，我又默默修習當代藝術。我告訴他們誰讓我寫藝術我就可以上班，我知道這仍然不是我要的，藝術評論讓我厭倦。我辭職寫作，錢花完開始找工作，這次我白天工作夜裡寫小說，用身體當賭注。

這是我的生涯，沒有戲劇性的革命，只有微調。慢慢向自己要的靠近。靜默而漫長。

我講完了。

我講的內容你沒有辦法用對嗎？我從博士候選人的沉思讀出來。

他點點頭，親切地說，沒關係，本來就不是每個個案都可以用。

為什麼你沒辦法分析我的話？我問他。

因為你的文法正確，乾淨沒有廢話，只有簡單的敘述句，我找不到你任何的慣性模式。你不說故事，直接給我的你的結論與資訊，其他都不給。

他關掉錄音機，試圖讓我理解他在做什麼。

他說，有的人說自己的生涯，喜歡說故事，一個故事接一個故事，講自己與家人，說職場同事的相處，或者某個貴人與關鍵性的事件，生動活潑，感傷落淚。

有些人說「我覺得自己這樣很蠢。」同樣的話，有些人習慣的表達是：「我對我自己說：『你怎麼會這樣傻呢？』」彷彿有兩個自己對話似的。

他說，主詞的使用很關鍵。

有些人就是沒辦法說我，必須說我們。

這種人不說「我覺得這部電影好看」，他們說「我們覺得這部電影好看」。這種人不說「我不能認同這個粗暴的笑話」，他們說「我們不能認同這個粗暴的笑話」。

刻意製造優越感或距離感嗎？我問他。

不一定的。博士候選人說，喜歡說「我們」的人，可能出自兩種心理。一個的確是製造距離感。另一種則可能出自沒自信與依賴，這種人的主詞總用我們，因為他喜歡自己依附於屬於某一群人的想法。

我想起那位藝術家，生了點寬容。也許，他必須隨時提醒自己屬於「有藝術天才華」的社群。

我也想起男人。有一天他找我，我們晚上站在路口吹冷風。

「你新年假期要做什麼？」我一邊發抖一邊問，心裡期待也許他會找我。

「我們要自行車旅行。」

我倏地全身靜默，伴隨著疼痛。

我知道他說的我們，指的是他與他的愛人。

我們之間有條大河，怎樣也跨不過。眼前全是霧氣。他的世界對我來說如此陌生，而且他一點點也沒有要把我納入的意思。

而我竟然還眷戀。我剛剛甚至將命運握在右手掌中，想要遞給他。

但現實是，你是你們，我是我。

於是我將握在手掌中的命運，對摺再對摺，疊成小小扁扁的紙條，靜靜塞回牛仔褲口袋。

蓬門碧玉
紅顏淚

Track 42

瘦高長髮少女歪斜晃蕩地走在荒廢鐵道上，她的全身有一種磨損的夢的氣味，她身上那過度賣弄的成熟衣著，豔色都陳舊了，化成一股詭異的稚嫩與風塵。她戴著叮叮噹噹五顏六色過多也過大的項鍊手環。哼著歌，踏著鐵道，美國南方的太陽光，燠熱潮濕，荒蕪的鐵道與廢棄的老車廂像一個封存的記憶盒，通不到外頭的世界也連結不到未來，只是將過往的一部分剪下來藏在這裡。

那女孩像遊魂，這個偏僻小鎮不會有未來，她也不會有未來，她只能重複過著早為外面世界遺棄的陳舊生活。

她告訴男孩，她身上的洋裝與首飾是姊姊的，她死去的姊姊。

那時候還是幼童的我根本不知道這部老電影大有來頭，主角是娜妲麗華以及第一次主演電影的勞勃瑞福，也不知道導演是薛尼波拉克，不知道編劇是柯波拉，更不知道電影改編自劇作家田納西威廉斯的*The Property Is Condemned*。這些都是長大之後才知道的。

不知道怎地小時候看的老電影畫面總一直在腦子裡盤旋，怎樣也跑不掉，那些老電影比我的年紀都要長。像這部一九六〇年代的《蓬門碧玉紅顏淚》，我在電視上看重播，我記得母親用手抹去眼淚，更清楚地記得電影裡那個叫作道森的南方小鎮、陽光分子與溫濕度的感官。幾十年過去了，只要動念召喚，那些儲藏在我體內幼時看的老電影記憶，便立刻啟動，整個感官知覺開始運作，那份青春美麗卻無處可去的絕望立刻降臨。

那少女的姊姊美豔不可方物，是小鎮裡人人垂涎的對象，姊姊很早就懂得賣弄風情。她們的父親早早拋棄了家，母親操弄女兒，利用女兒的漂亮去換取經濟的好處及自己的需要。姊姊一直撒謊，她騙別人她去過許多地方，看過許多風景，還說父親有一天一定會回來，其實都是姊姊想脫離令人窒息的母親與小鎮的幻想。

這時來自外地的金髮年輕人歐文出現了，他代表鐵路公司來小鎮裁員，與美麗狂野的姊姊相戀。因為歐文的到來，小鎮有一半以上的人失業，大家都敵視他。

歐文戳破姊姊的謊言，與姊姊針鋒相對，也愛上她，想帶姊姊走。可母親希望姊姊嫁給有錢的老頭，刻意離間這對年輕愛侶。

歐文一走了之，把姊姊留給她的母親與豺狼。姊姊發狂喝酒挑釁母親，衝動之下與髒老頭結婚，新婚之夜姊姊偷了老頭的錢跑去紐奧良找歐文。

那電影裡頭有許多紐奧良場景，復古風情的街道，華美優雅的線條。相愛的人好快樂。可姊姊想妹妹，想把妹妹救出那個小鎮，寫明信片給妹妹。

母親便來抓姊姊了。歐文挺身對抗，但母親說姊姊已經是別人的妻子，當然，姊姊沒告訴愛人她結婚這件事。歐文不能置信地望向姊姊，姊姊哭著奔進雨中。

很多年後，穿著死去姊姊洋裝的妹妹在荒廢鐵道邊告訴少年，姊姊死於肺炎。

不管後來我怎樣叛逆，熱中聲嘶力竭的前衛藝術，我總會在一個人時看老電影，像巫師那樣召喚出屬於自己的隱形龐大密室，密室裡頭儲存的都是磨損的陳舊夢境，也許也是一種永遠通不到未來的美好。我喜歡那個男生氣派、女生美麗的世界，某種我最柔軟且不合時宜的感情，只能在這個時候毫不掩飾。

勞勃瑞福的笑容有什麼神奇的魅力？一球冰淇淋放在冬陽下，冰淇淋外層正要出水融化的那一剎那。勞伯瑞福的笑容就是那樣。

還有，《血染雪山紅》雪地裡頭斷了一條腿的男人與啞女的患難真情。《金石盟》充滿陰暗祕密的小地方，殺人醫生與發瘋的女人，年輕的雷根飾演被鋸斷一條腿的富家子。

唯一讓我比較難投入的是《金玉盟》這部老片。

富家子與女歌手在歐洲到紐約的船上認識相戀，約定半年後兩人感覺還在的話，便到帝國大廈頂樓見面。女歌手沒有赴約，富家子以為自己被拋棄，傷心遠走。多年後因緣際會，富家子轉型成畫家，發現他的大收藏家就是這位女歌手，女歌手瘸了，因為當年在趕赴帝國大廈之約的途中出了車禍。

要是有手機就好了，這是我的結論。這個悲劇，只要一支充飽電的手機就可解決。當女歌手在紐約路上狂奔趕赴愛人之約就要遲到，不需要一直抬頭往上看，也不需要在可怕的車陣中穿梭。她只要撥他的手機。

「抱歉，我遲到了，在路上，我愛你。」

「沒關係，慢慢來，我等你，半年了，不差這幾分鐘。」

隨身攜帶自己的小世界

Track 43

快被持續不斷的言語轟炸死了，快被惡意與情緒暴力殺死了，快被哄哄鬧鬧的一切壓死了。你不想讓情緒與語言入侵身體，你不想讓惡意與敵意滲入心，可你還是要每天乖乖地接手機說喂您好，每天假意地關心社稷，還是要面對無可逆轉的階層體系微笑說我明白我知道我來處理。

因此必須每天隨身攜帶自己的小世界，一個小小的小小的只有你可以進去的小小世界，一個可以把你跟這一切喧囂以及情緒隔離開來的方式，你隨身可以躲進去的、僅容一人之身的小世界。

因此必須隨身攜帶自己的音樂。當捷運裡頭擠滿人的時候，每個人身上發出不同的汗味狐臭以及甜膩香水，周遭開始嗡嗡作響，要連忙戴上耳機，管他是讓你心碎微笑的顧爾德，還是一心想嫁給他當太太的陳奕迅的火熱潮濕也好，那音樂就會包覆住你的全身，彷彿立刻蓋上了一個玻璃鐘罩，此刻與這一切分離。就著音樂在大街小巷內走著，包著身體周圍的空氣也出現不同的分量感與密度，街道開始以詭異的方式華麗地滑行交錯，四射到未來八方，公寓店家以沉默卻頑皮的方式融化傾斜。你在你的主題曲裡頭安全微笑，有時則落淚。

隨身攜帶一本書。強迫自己讀書裡頭的一字一句，掉進深深愛的夢幻泥淖，便會忘了性的焦慮挫折與性騷擾的憤怒無言。你幻想卜洛克在紐約的酗酒與哀傷，與愛人伊蓮步行到劇院途中，你試著想告訴他們那實驗性的戲劇其實做作又生澀。你開始覺得自己身上也懷著同樣的酒氣與夢境，儘管在這裡，你不推理也可以分享半吊子的哀傷。或者，你選擇潛入伊果頓的現代理論，用歷史與論證，把午後陽光之中搖搖欲墜的理智撐好，希望順便撐好你的骨氣。

隨身攜帶一個小小的信物，那是很久以前的純真，讓你相信曾經被愛。

隨身攜帶回憶，那真的是徹底只有自己可以容身的一人世界，一個徹底與他人決絕隔離的世界。快被世界撞壞碰碎成為片片，唯一的方式就是直接跳下那潭根本想要拋棄的過往，那裡只有你可以泅泳，在萬分難堪的現實之中，浸泡在回憶之中，你開始說服自己，毋須痛改前非，重蹈覆轍也不那樣糟糕，重蹈覆轍千次之後，那於是變成個人風格。

因此，一副巨大的墨鏡是隨身攜帶的小世界。

你總望著車窗外流淚。在行經的路途中，不管是十分鐘的捷運公車或是十七小時的飛機，你特別容易與過往的片段接軌，人特別弱，動不動淚涔涔。

因此你必須躲在遮掉半張臉的墨鏡之後。沒人看見你的眼睛紅了淚泛開了，不用立刻找面紙擦拭，眼線睫毛液因此糊開也不須尷尬。當然，有時那泛水太過了，一條和著眼線的黑色河流一直一直往下，終於流出了墨鏡的範圍。你還是可以抬抬手指，假意調整墨鏡角度，用藏著的指尖抹掉，便可繼續有尊嚴地望向前方。而人們看著你仍舊以為時髦冷酷。

That’s a tough girl living in a tough world.

威尼斯老頭

Track 44

我看見我浮出了我自己，一時察覺不出來是怎麼一回事，還疑惑著，那是我吧，然後我看到自己維持著昏迷之前的角度，背靠著大枕頭斜臥，頭髮散亂地壓歪到側邊，那本《古都》翻在之前的書頁落在床單上。整個房間黃色的燈光都如之前一樣大開，床頭的華麗復古燈飾、浴室走廊的側燈，都亮著。然後我看到了他，坐在我床腳對面的椅子上。

就是典型的義大利老頭，灰色頭髮黝黑的皮膚，皺紋的臉上有大眼，神色不耐，灰藍色保羅衫與休閒長褲。他必然察覺我看到他了，但完全不想理會我，兀自為著什麼事情在心煩，抽著他的雪茄。我才覺得奇怪他為什麼出現在我房間，他的表情倒是覺得我是哪來的小鬼入侵了他的空間，只是他見多識廣懶得理我，眼神也不跟我交會。他皺著眉，霸道頑固地，繼續想他的心事。我看著他的雪茄冒出一圈一圈的煙，聞到那味道。奇怪我並不覺得怕，膽小到誇張程度的我，這次竟然不怕。那老頭。

我的房間靠著威尼斯的運河，從運河下船直接上樓梯就到，我的房間窗戶外就是水，可以見到夏日陽光照不到的河道，老建築物的屋稜與運河水緊臨的小簷，老鼠吱吱地跑過去。

第二天醒來我走到窗戶旁邊看運河，找不出房間裡頭昨天那老頭留下的任何痕跡與氣味。

一直多年過後，我到現在仍然沒弄清楚，當時我是真的看到了什麼，或那純粹是一個夢。我到哪一個城市都會把房間的燈全部打開，浴室、鏡台、玄關、書桌、床頭燈、立燈，我能夠找到的燈一定開到最亮，然後把電視也打開，開在我不懂的語言頻道，讓他們在盒子裡頭大吵爭辯，我才有足夠的勇氣洗澡睡覺。

其實也不一定睡得好，肯定睡不好，但不這樣子做，我只會躲著害怕，清醒著發抖。有的房間，你走進去知道可以稍微平靜了，知道狀態對的，於是燈打開以及電視開機之後，便可以在床上看書寫字然後試著陷入昏迷。也有一次在巴黎的小旅館裡頭，一進門就覺得不安，我把CNN的聲音開大了，日光燈開了，整個晚上仍然在清醒昏迷之間來回，肩膀緊得發痛。最後只好起身穿起大衣，去街角找咖啡喝喝發呆。有時則在小島的飯店，盯著那奇怪的衣櫃整夜就是無法鬆懈。

但我還是旅行，也有時必須一人在陌生城市的陌生房間入住。習慣了這種緊繃以及抽獎般的境遇，通常只要晚上能夠昏迷，就算不能熟睡我已經覺得幸福。次日清晨我起床刷牙洗臉，關掉所有的燈，看外頭的太陽，繼續晃蕩或是工作。

小的時候有次我拖著小棉被去睡地板，半夜醒過來發現自己靠著書房椅子腳，而那木頭椅腳上出現了猙獰鬼怪的臉孔。我嚇得全身僵硬，閉起眼睛告訴自己是夢，然後睜開眼睛發現臉還在。我要自己勇敢伸手去碰那臉，可嚇得發抖不敢，我希望自己大喊出聲，但是恐懼發生不測。就這樣睜眼閉眼，害怕猶豫，我猜想最後我還是昏了過去。

威尼斯老頭是我唯一不害怕的。每次去威尼斯都會咧開嘴笑，商業觀光都沒有關係，這地方就是令人興奮心醉，但也因此格外寂寞。但我每次在威尼斯總是一個人晃著，在大熱天的街道跟人擠來擠去，傍晚在曬滿衣物褲子的巷弄間穿梭。搭公車船漂到另一個教堂，看完當代藝術的債張之後在學院美術館看到幾百年前的教堂三聯畫，在石板地上見到斷首的灰色鴿子。

在威尼斯，格外想要有人陪伴。

我是那種最俗氣的女人與觀光客，晚飯過後在聖馬可廣場聽樂團演奏，那都是俗氣哀傷羅曼蒂克的曲調（石黑一雄的音樂小說裡頭便寫過威尼斯賣藝的樂手），談的也就是江湖通行只有血肉不需靈魂的愛戀，但我就喜歡這俗氣慵懶不須發人省思的詩情畫意。教堂在旁邊，獅子在港邊，天使在頭上飛，星星在眨眼，任誰都想就著曲調擁著旁邊的人起舞。我身邊沒有人，也想起身旋轉大笑，不過腳尖踏著踏著節拍就感到哀傷。

那時候我想到威尼斯老頭，我在這城市還有個朋友。

瓦莉

Track 45

一九一五年二月席勒給朋友的信上寫著：「我就快結婚了，不過為了未來著想，那個女人不是瓦莉。」

席勒最最驚人的作品多是以瓦莉為模特兒的，瘦骨嶙峋但有著巨大性吸引力的瓦莉，紅髮捲曲的瓦莉，眼睛大又深彷彿什麼都不想又像直視靈魂無辜的瓦莉，天真又淫蕩，純潔又像惡魔的瓦莉，穿著長襪的瓦莉，以奇怪角度扭轉身體，呈現緊繃性感的瓦莉。

那個神祕且翻攪人類靈魂的穿透力，讓瓦莉成為藝術史上最著名的女人之一。但是，沒人知道瓦莉的人生究竟發生了什麼事。

人們無從得知，這股緊繃的神經質，強到幾乎是憤怒的欲望，連孤獨都要衝破畫面的掙扎哭喊，是瓦莉的特質，或是，瓦莉只是作為模特兒，像鏡子一樣，映照出席勒的欲望。那精神性的陣痛、性慾的神祕高張，寂寞到要瘋狂的特質，其實是席勒的而不是她的。

年輕的席勒到維也納發展，受到克林姆的提拔。克林姆邀請他參展，介紹收藏家。瓦莉本是克林姆的模特兒，席勒也從恩人那邊「接收」了瓦莉。

藝術圈有名媛貴族，購買畫作成為施主，也有像瓦莉這樣，出身微寒，沒有足夠的才華與際遇，只能用情感與身體衝撞的女人。

瓦莉遇見席勒的時候十七歲，成為他的情人與繆思，就這樣忠心耿耿了。

席勒喜歡找貧窮階層的小孩少女當模特兒，他們瘦弱、粗野，在席勒畫中，這些小孩飢餓、迷惘，還有一份尖銳的、無法忽視的、正在甦醒的性意識。他的工作室常出現遊童，什麼都不用做，玩頭髮、脫鞋子，席勒透過藝術家的魅力與一點金錢，給這些孩子錯誤而暫時的安全感。

席勒的女性裸體畫，不彰顯傳統裸體畫的身體之美，也不同於春宮畫的目的在於燃起刺激，性在席勒畫中是超越性行為的，是陰魂不散的私密掙扎，緊繃到令人尖叫。

他喜歡誇大他與克林姆的親近，過度索求金錢與同情，也因自己惹起的爭議，他在維也納感到窒息，避居至小城紐倫巴赫。

但這個小城的居民痛恨他。他和模特兒同居，瓦莉還為他做家事跑腿，也替他拜訪客戶，偏偏他的工作室老有童男童女，並且願意為他脫衣。

居民發動警察，他的作品被認定是色情畫，他被控誘姦未成年少女，關到牢裡。出獄後他成為烈士，回到維也納，事業如日中天。

儘管與瓦莉同居，席勒對住在他們家對面一個中產階級家庭的姊妹花感興趣。但這家庭管教嚴謹，席勒沒機會接近她們。他決定追求姊姊伊迪絲，席勒透過瓦莉去認識她們，利用瓦莉讓這對姊妹及母親降低戒心，可以一同出遊。

席勒決定甩開瓦莉，迎娶出身良好的小姐。

伊迪絲先找了瓦莉，對瓦莉雄辯自己的愛情。瓦莉始終沉默，她總相信，經過這許多事情，她總是先來的。第二天，席勒約了瓦莉在咖啡館見面，他話也不說只是遞了一封信給她當分手語。信中他說，儘管已決定與伊迪絲結婚，他還是可以分配每年夏天給瓦莉一起度假。

瓦莉謝謝他的好心，沒有哭。離開後他們再也沒有見過面。

瓦莉一直獨身，成為紅十字的隨軍護士，一九一七年染上猩紅熱去世。

席勒與伊迪絲十分相愛，婚後席勒畫中竟出現不曾有過的祥和。

一九一八年懷著六個月身孕的伊迪絲染上流行性感冒過世，幾個月後席勒也因同樣病症過世。席勒死時廿八歲，他到死前都不知道，也根本不曾想過，瓦莉在哪裡。

比起她的悲劇，我覺得他的悲劇不算什麼。

生物距離

Track 46

生物距離指的是兩個同類生物在一起，彼此可以感到最舒服的間隔距離。電線上停著兩隻鳥，牠們必須隔多遠感到自在呢，就是那意思。鳥、貓、豬、老虎、花豹、長頸鹿的生物距離都不同。仔細看下去，同樣是人，不同國家的人類，生物距離也不同。再分析下去，這東西逐漸又從動物性安全本能，變成揉合了文化乃至於教養上的差異。

那是一種隨身的空間權力概念，微妙地隱含每個人對支配性、安全感的需求。每個人的生物距離感，又可以連結到他的自我認同，再看看一個人對他的親密對象可以出讓或妥協多少距離需要，便形成一個光譜，簡直像指紋一樣的個人專屬的辨識系統。

搭乘捷運電扶梯的時候，我總習慣跟前面的人隔著一格距離。我不能理解排隊買東西的時候，有人要緊緊靠著前頭的人站，包包還擦到你手臂。還有，一張長沙發，有人一屁股坐下就緊貼你，有人坐你身邊但留空隙，有的則坐另一端說話。

我最害怕的是跟女孩一起上街，女孩二話不說將手穿進我臂彎，勾著攀著，更把身體一側貼上我身體，簡直像情人一樣黏著一起走。我被貼著的那側身體，生出麻痺感，全身不自主僵硬。但生怕傷害他人的感情，我總是木著身體，克制尖叫的衝動，忍住無助與委屈，僵直地被她們勾著走。

我身邊有一個這種症狀嚴重的女人。她一開口就有少女態，撒嬌黏膩，她更以撒嬌黏膩變形成權力，支配她那個姊妹團體。

面對面說話，她站的位置總讓我痛苦。她站得好近，臉貼近我的臉，我聞到她吐出的熱氣，看到她的毛孔，感到緊繃，我老藉機要她看旁邊的不相干的東西，快速往後退半步。她卻嘻嘻笑地，什麼都沒感覺到，本能地往前向我踏半步，再度以那種接吻前的預備距離，對我的臉吐氣撒嬌。

她勾著我走路，真是將身體半邊都壓上來。我被她黏著走，眼眶不自主地泛淚。我發現我出於想逃脫的本能，一邊走一邊往旁挪動，她緊迫貼人地還是緊緊黏住，不管我怎麼挪，她貼住。

後來那畫面變得可笑至極。我一直往旁挪，她一直貼住，走著走著，我們的位置順著我的不停挪動，從行人道中央逼到大馬路邊，再挪就要走上車道。

我哽咽了：「你到底想怎樣？我都要走上大馬路了，你還一直貼過來？」

她睜大無辜的眼：「你到底是怎麼走路的啊？」

我開始學國標舞的時候，關於必須跟不熟的舞伴或老師抱在一起扭動，演出情人的渴望愛戀，花了好久才能不害羞。我的表演欲最終克服了我對於生物距離的需求慣性。我也可以開始搔首弄姿，並且仰賴對方的身體。

「來吧，乖，你從那頭轉圈圈一路衝到我身上，你要注意臉上表情，要有氣勢！」老師教我專業行道：「我要看到『我想上你』這種表情！」

我拚了命轉圈圈一路奔向他。

「我的表情這次對嗎？」

他嘆了氣：「我看到『我想殺你』而不是『我想上你』。」

那天我不知為何一直處在被侵犯的脆弱及憤怒中。我不懂，明明身體距離的問題不困擾了，卻一直覺得被侵犯。我在車上怒，回到家氣也消不了。

我終於發現，我的腦子已經教育好我的距離感必須調整，但沒料到氣味。

我們跳了兩三小時，他的古龍水混著他的汗水與我的汗水，整層包覆我全身。那個氣味分子滲進我全身打開的毛孔，就像陌生人順著氣味竄進並且入侵了我的身體。

廁所

Track 47

我一煩就把自己關在廁所裡頭，坐在馬桶上發呆，有時候頭夾在兩膝中間喘息，有時候往後靠在儲水箱看天花板上的通風機。

把門鎖起來，這一小方室內，壓迫性的四牆與天頂，對我來說卻是受用的，像是被誰緊緊地擁住保護。狹小而緊密，只有我，我感到很安全。

這裡絕對沒有人會進來，也沒人想進來。這樣很好。

連串的會議行程中，接不完的電話間，或是在咖啡廳突然看到滿室的客人感到驚慌，也許是與友人餐會當中突然想要靜一下。我會站起來說要補妝，滿懷期待地走到廁所，躲進去。有的地方布置等身的大鏡子，還有香味，有的地方則是冷白簡單，只要乾淨就好。有時候我把臉貼在灰冷的廁所牆壁上，輕輕用頭敲著，用這種方式按摩疼痛的太陽穴。只要一個這樣小小的獨處的空檔，我便獲得安慰，便能繼續了無生趣的忙碌與說話。

我小時候就喜歡躲在廁所。在臥室裡頭長輩隨時會進來打斷我的發傻，在客廳裡頭不免要與父母聊天，走到餐廳還必須應付他人走動。只要進了廁所，就沒人來打斷。我蹲坐在裡頭，其實一點想法也沒有，一個人靜靜地微笑起來。小時候住的透天厝廁所就在天井邊，陽光從窗戶照進廁所，溫暖透亮。我在裡頭蹲到腳麻，換個姿勢站著，乾脆直接坐在廁所地上享受這午後時光。

我後來把書本、圖畫冊，還有可樂以及小餅乾，像是行李似地，全部全部搬進午後的廁所。

我蹲坐在馬桶邊，讀書，吃餅乾配可樂，把腳伸直，頭靠在牆壁上吃吃笑地幸福。書讀到一段落，就拿著彩色筆趴在馬桶旁的地上畫圖。

一次碰到災難。當我又在廁所裡享受獨處時光的時候，一隻超大的蜘蛛爬行牆上。我嚇到腦子一片空白，看著那黑色巨大的長手長腳帶毛的蜘蛛，先是發不出聲來，接著尖叫停不下來。這樣侵略性的可怕生物，我大概尖叫到誇張驚人的程度吧，奶奶在廁所外面敲門，我喘著氣打開了我的小廁所的門，奶奶一眼見到引起我發神經的大蜘蛛，拿起腳上的拖鞋打下去，那大蜘蛛在白色磁磚上迅速爬行，奶奶眼明手快地再接再厲痛下殺手，站進廁所，英氣勃發，一下又一下地，那蜘蛛就被奶奶打到角落裡頭微微地抽搐。奶奶一下，再打一下狠狠地準確地用力地，那大蜘蛛蜷縮了起來死了。我傻傻地著望，臉上都是眼淚，嘴巴開開地。

奶奶打死了蜘蛛，停了口氣，看著嚇傻的我。

然後奶奶突然發現廁所裡頭的配備，童話書、圖畫本、彩色筆，旁邊還有食物。

「你竟然在排泄的地方喝可樂吃餅乾……」奶奶不知道是不是吃驚過度以至於無法斥責我，瞪大眼睛看我鋪滿廁所地上的小東西。

奶奶氣得走了出去。

我踮手踮腳，收起廁所裡的小餅乾小瓶罐還有書本，抽抽噎噎地走出廁所，根本不敢看角落已經縮成一團的可怕蜘蛛屍體。

因為太害怕蜘蛛，我好一陣子不敢一個人躲在廁所裡頭。

上了小學之後，廁所變成女生的親密空間。

只要好朋友站起來，對著教室裡的我撇撇嘴，我便乖乖地跟了去，一起上廁所。有時候兩人，有時候三人，擠在小廁所裡頭說話。

有一次我們三個小女生擠在廁所裡頭說話，並且輪流尿尿。輪到長髮辮子公主的時候，我們還在交換著班上帥男生的動態，公主說話了：「你們兩人要先出去嗎？我……我想要大號。」

我跟另一個女生頓了一下，說出不同的答案。

「沒關係我們一起陪你大號。」「我們先出去好了。」

那長髮女生憋著便便不知如何是好。

她忍不住開始上起大號，因為太臭，其他兩人還是忍不住開了廁所衝出去，男生的話題也擱在一旁。

我總是忍不住在工作一半把自己關在辦公室廁所裡頭發呆幾分鐘。有時候我會帶小說進去，但就擱在衛生紙捲上頭，也不看。

也有喝醉想吐的時候，在酒吧裡的廁所，忍住嘔吐的衝動，玩起洗手台上的香氛洗手乳。

一次藝術界的年終聚會，我上完廁所與一位有著長睫毛大眼睛美麗如同Betty Loop的姊姊說話。我們兩人一同洗手，一同在烘手機下等待。

「你看到那個可怕更年期女藝術家了嗎？」漂亮姊姊眨著大眼睛誇張地問我。

「什麼？你說什麼？她應該只是把頭髮染成紅色並且減肥成功了吧。」我一邊搓手一邊想弄平我新剪的瀏海。

「你真的是笨蛋嘛，她整容了！」

「什麼？整容？」我想了想，「只有割了雙眼皮吧。」

「不只啦，你是真瞎還是假的，鼻子也墊了，皮也拉了，你沒看到那個割了的雙眼皮眼睛簡直要吊到鬢腳去了。為了追男人啊你不知道嗎？」

「你也別這樣講，上了年紀的女人愛美也沒什麼不對，減肥整容追尋真愛，很美啊。」

「你這個笨蛋，要六十歲了把自己搞成這樣子像不像樣。你要是以後把自己整成這樣我一定捏死你。」

我沒吭聲，開始拿起化妝包重新畫上眼線，撲粉。

「你又不知道她一定是整了。」我塗上口紅忍不住回嘴。

「你這個沒見過世面的笨蛋，就是整了嘛，把自己弄得笑沒辦法笑的怪樣……」

我一直以為這飯店廁所只有我跟漂亮姊姊，沒想到鬥嘴到這時，突然聽見裡頭有間廁所的沖水聲。

「沒格調沒有美感哪，整成那樣子……」漂亮姊姊還在說，那沖水聲中一間廁所的門打開，正是那個染了滿頭紅髮穿著緊身褲的女藝術家走出來。

她顯然在裡頭聽完了我們整段談話。

我拚命撲粉，漂亮姊姊拚命塗口紅。

她走到洗手台，卡進我跟漂亮姊姊中間，扭開水龍頭，抽紙巾擦乾手，正眼也沒看我們倆一眼，走了出去。

我瞪了漂亮姊姊一眼，漂亮姊姊聳聳肩，吐了舌頭。

鋼琴老師

Track 48

我四歲開始學琴，是十分魯鈍的那種孩子。第一個老師教我之前都會先示範彈一次，我根本不認真，但是音感記性很好，因此她彈完之後，我很快就可以在琴鍵上重複彈出同樣的東西。當然因為初學者的小曲子旋律與結構都非常簡單。就這樣彈了一年之後，曲子愈來愈難，愈來愈複雜，已經超過我的記性可以負荷的範圍，我一直出錯。這時候老師才驚愕地發現，我學了一年其實根本不會看譜。她喝斥了我一頓，可能害怕我媽發現付學費付了一年女兒其實連譜都看不懂，緊急地重新教我識譜。

鋼琴老師都好凶，不管結婚沒結婚的，她們都有捲捲的波浪長髮。

我常常換鋼琴老師，媽媽發現我沒進步就會幫我物色新的老師。

老師認為我應該每天練琴三小時，我媽就拿著鬧鐘要我坐在鋼琴前練習三小時。我常常不耐煩，亂彈電視上聽來的流行歌曲，自己胡亂加上伴奏或是間奏，這時候我媽就會出現，喝令我不可以胡鬧，要認真練習。有時候我會偷偷溜下椅子，在客廳裡頭晃來晃去，倒在沙發上，有一次我將紅花油倒在鋼琴椅上，形成一塊濃稠斑駁的醜陋色塊，我說這樣子的椅子不能坐了，因此無法練琴。我媽二話不說，叫我坐上去，繼續練習。

另一個很凶的鋼琴老師開始教我，她有大大的眼睛，捲捲的頭髮，每次上課都穿著不同的訂製小洋裝。我在彈的過程當中，如果她覺得不滿意或是我的彈法不對，她會立刻要我停下來罵我，或用籐條直接抽打我的手背，有時候是直接用原子筆或是手指頭戳我。

我停下來讓她罵我，罵完之後她會叫我從剛剛停下來的地方繼續彈。我被她罵到自尊全無，凶到自信全失，每次都想哭卻好強地忍住，因為哭了就輸了，這是小孩子唯一反抗老師保存自尊的方式。被凶完還要繼續彈，在這樣的情緒之下，就算是在家練習好的曲子，也會因焦慮緊張彈得亂七八糟。一彈錯，她又開始罵我，罵完要我接著繼續，我因為緊張又彈錯，她又開始罵，罵完我又彈，又不好，她又開始罵。

我總是沉默地挨罵，我怎樣看都是普通的發不出亮光的小孩。

每週一次的鋼琴課，形成一個彈錯與挨罵的循環。

想起來這可能是我天性的一部分，習慣安靜地被罵，不反抗，晚上偷哭，久了便認同老師與我媽的說法，這一切都是因為我的錯，都是因為我不夠努力。

我偷哭的時候想過，這一切可能不是因為我不夠努力，也許是因為我沒有才能，到底哪一點比較悲慘呢？

我懷著壓力與心事沉重地過著日子，可我已經被罵這樣久了，往後的人生就要一直這樣下去嗎？

年紀小小的我，在長期的壓力之後，有一天抱著慷慨赴義的精神去上課。我安靜的進門，小心地把琴譜攤開在架上，我坐上琴椅，她叫我開始彈，我不動。

我小小聲說：「老師，你可以答應我一件事嗎？」

她見我不彈琴，怒氣正要湧上來，沒料到沉默的小孩開口了，她只好忍回去，說：「什麼事情？」

我的聲音虛弱但是堅定：「我等下會開始彈，但是請你答應我，我開始彈以後，在我把曲子整首彈完之前，不管我彈錯，或不好，都請你不要中斷我。等我彈完後，你才告訴我我哪裡不對，好不好？」

我看到她眼睛圓睜，感受到她的怒意起來又下去，她哼了一聲：「好。」

我悲壯地開始彈，那圓舞曲滴答答、答答滴地，終於我第一次從頭到尾彈完一首曲子。

她有種體悟似地沉默很久。

然後她開口：「你一點都沒有犯錯，但你沒有感情。」

我點點頭。

這好像也是我天性的一個部分了，我長大後的人際關係彷彿重複這個模式。不懂得人家對你哪些東西是合理的，哪些是不合理的，委屈、挨罵或是不舒服，總是沉默，久久以後人家都覺得這個互動成形了，很自然了，我卻站起來，決裂走開。

在鋼琴之後我還學了長笛與南胡，但是已經沒有辦法聽任何古典音樂了，後來的許多歲月，只要音樂響起，我的耳朵與心會自動關上，緊緊的，確保那些音符一點點都進不來。

藝術史之誠實課程

Track 49

電影院放片子前都會來幾段新片預告及一些社會公益性短片，像是某種進入狀態前不必然有效益的雜亂暖身操，看過即丟棄。但我到現在還對一九九〇年代電影上映前的一部公益短片耿耿於懷，嗯，不舒服的感覺耿耿於懷，也不知道還有沒有人記得。如果真都沒有人記得（這種公益短片本來就注定了不可能占據人類記憶體存量的），還真有點死無對證的啞口。

老師帶著一群小學生戶外寫生，他們登上一個小山丘，看著不遠前方的都市家園。灰濛濛的，這都市籠罩在廢煙面罩中，一棟棟粗糙威猛高樓沒有盤算地這邊凸起一些那邊攻占一點。一個工業與商業混雜的求生之地，大量的經濟活動與工業發展轟隆隆地正在運作中，活力的工業建設與求勝之人在這裡拚命與賭注。那城市的外表如一個灰黑相間的駁雜色塊模型。

這是寫生課，老師要小朋友們拿出畫板與畫筆畫眼前的景像，主題是「我們的家園」。

末了這一群小朋友吵了起來，小明與小美爭論著究竟誰畫得比較好，吵到最後只好請老師講評。

老師看著小明的畫，巨細靡遺地將眼前工業煙霧圍繞高樓的都市面貌，如實畫了下來，顏色景物幾乎重現畫面之上。

接著看小美的畫，上頭是個綠草如茵，藍天白雲，小溪潺潺流過質樸美屋的彩色畫面，跟他們眼前所見的那個都市一點關係都沒有。

老師的結論是：「小明畫得很寫實，但灰灰黑黑的，一點也不好看。小美畫的才是我們心中美好的理想家園。因此，小美畫得比小明好。」

這個推論的過程與結論，讓我瞠目結舌地坐直了身體。

那幹嘛還要寫生？

這個問題我到現在都還想追問那老師及那愚蠢的編劇。

也許，這是藝術史的問題。

簡單來說，攝影術發明以後，繪畫存在的意義再也不是記錄現實景貌。那麼，繪畫是什麼，藝術家是什麼，定義上有很大的改變，這也成為藝術家們追求的命題。一個創作者存在的意義，於是就這樣，從描繪「世界是什麼樣子的」，變成藉著作品表達「我所看見的世界是什麼樣子」，現代主義之後，更進一步成為「我要讀者（觀眾）看到什麼樣的世界」。

如果從藝術進程的角度來看，小明與小美分別代表著兩種不同的階段與思考。小明忠實畫下了外在世界的模樣，而小美，畫的是她幻想中的理想世界。

但我不信這個老師出自藝術的思考，認為小美畫得比較好，要不然根本不需要出門寫生，在教室或家裡畫理想的家園就好。在我看來，這單純是鼓勵睜眼說瞎話，尤其是要睜眼說好聽的瞎話。

明明我們家園到處蓋橋蓋大樓，搞得霧濛濛，你一定要對長輩說，我的家庭真美好，整潔和樂又安康，長輩才會認為你是好孩子。就像大家都看到國王裸體，但你若直接說國王沒穿衣，你就完蛋了。

從這個角度看，這老師上的是一堂社會化課程，不是藝術課。

我記得高中時老師也曾叫大家在週記上寫下我們對學校的看法。我笨到老實地寫了幾頁。結果我被禿頭戴著厚黑鏡框的乾瘦男老師叫去，看著他把我幾頁的週記全撕下來，他告訴我，不可以寫任何批評文章。

後來那兩三年我根本寫不出任何東西。每次寫東西，我本能地貶抑自己的感覺，壓制真正的想法。我專注在絞盡腦汁寫一篇大人喜歡看的文章，可以得高分的文章。後來也捉摸出了模式，主軸不外乎是人間有情，世界溫暖，未來充滿希望，我們只要保持正面力量，未來大有可為，必能創造出嶄新的社會。

小棉被

Track 50

我問過好幾個朋友才發現，原來我們小時候都有小棉被。

每天抱著不放手，要聞到小棉被的味道，手指搓揉著小棉被角角的特殊觸感，身體會升起奇特的快感揉合著安全感。小棉被一旦離身，便不對勁。上床更要抱著，聞著，搓著它，才能睡覺。

我上癮的是小棉被，我弟弟上癮的是奶嘴，我運氣好太多了。

弟弟時時刻刻含著奶嘴，上幼稚園回家第一件事就是直奔祖母的抽屜猴急地把奶嘴放進嘴裡用力吸吮。積壓整天的焦慮解除，臉上浮現滿足與真正的鬆懈。好景不常，弟弟上了小學，放學回家仍快速直奔整天不見的皺皺奶嘴，那種神奇表情觸怒了父母，他們認為弟弟該戒奶嘴，該從小男嬰轉型成小男孩。

可弟弟戒不掉。上小學後仍是一放學就找奶嘴，吸著吸著露出可愛溫柔的笑。

幾個月之後，弟弟放學照例往前衝時，發現爸爸拿著皺皺黃黃的奶嘴早等著，表情堅決冷然。我爸爸當著弟弟的面，將那個皺皺奶嘴，從陽台往外扔。

弟弟看著奶嘴循拋物線飛上天又下墜，小小的臉驚慌扭曲，開始嚎哭，真是天崩地裂如喪考妣。

還好我上癮的是小棉被，不是奶嘴，不會太觸怒大人。

小棉被摸得愈髒愈黃，愈是舒服好聞。

我無法形容聞著小棉被那種親密與安全，就算緊繃中，身體也會出現歡愉，舒服的感覺一再升高，終至放鬆疲軟。

我媽發現我的小棉被髒兮兮，硬是要去掉，我呼天搶地，她匪夷所思，爭奪半天她放棄，卻在我上學時把小棉被扔了。回家之後我驚愕痴呆，我媽很得意地拿了一條新被子給我說，新的不是比較乾淨衛生嗎？

我很有毅力，每天使勁蹭著新被子，逐漸新被子開始舊黃，開始有了我熟悉的氣味，於是，小棉被又回來了。

上廁所帶著，吃飯帶著。上了中學大學，不在外過夜，因為沒有小棉被，沒辦法睡。

氣味好神奇。

人與人之間也是靠氣味決定一切。喜歡哪個人，關鍵在氣味。你沒辦法跟氣味不對的人結合，只是你不懂，你會說個性不和。常在一起的女生會彼此交換氣味，氣味分子趨同讓彼此的經期趨於一致。

我有時候會在男生身上聞到外婆的味道。

我的哥兒們說他在法國讀書時，有次街道上聞到一個味道，那是小時候家裡燒金紙的味道，但在巴黎根本沒有紙錢哪，他就是聞到，在巴黎街頭流下眼淚。

其實那時候我早已長大到不需要小棉被也可以在世界各地的旅館裡睡覺了。但我還是不能理解小棉被的祕密。那氣味是什麼，化學成分是什麼，讓我魂牽夢縈並且瞬間安全。

直到跟貓咪相處十年我才突然弄懂。

我依賴貓，以為出自母性與責任感。

有次出遠門回家，我開門立刻奔向貓，把臉埋在貓身上聞著嗅著，搓著揉著，然後我被自己嚇到了。

我眷戀貓的方式，正如當年我對小棉被。

貓初到新住所的行為瞬間浮上眼前。美麗肥胖的貓，用耳後不斷蹭著，將身上的氣味，沾在桌腳、沙發、櫃子及每樣家具上。然後貓才覺得安全。

我終於懂了。

小棉被的味道，其實就是我的體味。

正如貓以體味標記勢力範圍，我的體味讓我安全放鬆。

隨著長大，之所以不再需要小棉被，是因為人的注意力從自身向外轉移，我們需要的安全範圍愈來愈大，確認勢力範圍的方式，也從最原始的體味，逐漸轉向人際關係、金錢、成就，以此標記安全感與空間大小。

我的貓怎麼會不知不覺中取代小棉被呢？

哎呀，怎麼不會呢。

十幾年來每夜與我同床，貓在我的胯下腋下腳邊腹肚睡覺，我們的味道早就混融趨同。

嗨，小棉被，我笑了，輕輕喚著貓。

第一次

Track 51

我人生的第一篇文章是寫「間日記」。上了小學領了封面印著間日記三個字的作業簿，七歲的我根本不懂，只聽過日記但沒聽過間日記，後來才知道原來每週一三五交、間隔一日寫下的日記叫作間日記。小學生在本子裡寫生活感想，交給老師改正發回。

剛入學我還不習慣小學生的作息，晚上該寫作業我卻老轉頭透過窗戶偷看奶奶正在看的連續劇，東摸摸西摸摸，直到連續劇演完，一個字都還沒寫，才開始默默地作功課。我不是很記得那篇文章完整的內容了，只記得自己本能地寫了篇感傷並且通篇像唱歌一樣語調的小文章，結尾是：「秋天來了，風兒吹了，葉兒黃了，我願像落葉一樣隨風飄零。」第二天後我被叫起來罰站。老師當著全班的面罵我：「明顯就是抄襲大人的文章，年紀小小就投機取巧……」我當時沒感到太大的羞辱或委屈，因為老師說的話我聽不太懂，對七歲的小孩來說，抄襲、投機取巧這些字眼都顯得太難以理解，但我模糊地知道老師談到恥辱這字眼是什麼意思。老師罰我站著上課我就站，下了課還是跟同學一起東跑西跑，不覺得事情有什麼嚴重。

回家之後我不經意地說了上學時發生的事，我的家人顯然不覺得這事情不嚴重。我父親打了電話，告訴老師那篇看起來悲觀飄渺的文章真是我寫的，因為前一天晚上是他親自看完我的作業與文章，才讓我上床睡覺，並且，飄零的零我不會寫，還是問他的。

第二天我又當著全班的面被叫起來站著，老師這次從頭到尾朗讀了一遍我寫的文，然後說：「這位同學寫得很好。」要小朋友鼓掌。

上了國中以後，我第一次寫詩，那時候根本也不懂詩到底是什麼，反正老師指派，我仍靠本能狠寫一通，得了校內的獎。

下課時我在走廊發呆，隔壁班的老師對我說：「你那獎，不過就是小孩子學寫大人話。」

我第一次轉學，進了明星學校的明星升學班，同學都有種殺氣與現實，我像貓到了新環境，膽怯焦慮。第二次期中考我考了第一，數學老師發現這次不是她鍾愛的資優生得第一，當眾說：「就是題目太簡單了，讓那些程度差的轉學生拿冠軍。」

我此生對老師這種人類，再也沒有好感。我很小就立志，不嫁老師與醫師，他們手上都握著與我們不對等的權力關係，以此欺人還有莫名其妙的優越感。

同時一種情結在我心裡形成，我覺得任何第一次對我來說，都是失敗、不吉利的。我也對展露自己有著極大的恐懼，覺得我只要失去警戒，太過表現自己，露出真正的情緒與想法，就會被討厭。

第一份工作肯定表現不出色，要不就是待遇有問題。第一次約會一定發生不測，米白紗花拖鞋踩到狗屎。第一個男朋友劈腿。第一次染髮結果看起來像路易十四。第一次表演，腳趾頭跳斷了。第一次失業坐吃山空。第一次演講，準備好的台詞剎那之間全部忘光。第一次開刀，手術途中麻藥就退效了。

我逐漸怕使用全新的東西，櫃子裡頭最精緻漂亮的嶄新瓷器，我還沒伸手去拿就預見失手打碎，反正第一次總是搞砸。電腦、手機、皮包，我都傾向去拿舊的、磨損的、有裂痕的，那代表這東西不是第一次被使用，我的焦慮會突然消失，覺得穩穩當當，再也不會意外橫生。我看著心愛的人怎樣都開不了口，跟還算可愛的人打打鬧鬧。我渴望的東西要摔壞或缺角後，我才相信會屬於我。

只是，唯獨感情，我仍有模糊的執念，仍然期望有什麼從頭到尾都是我的，並且不會碰壞。我想我仍然不能坦然接受，到這人生關頭，降臨的關係都是彼此與命運無可無不可妥協的結果。

我看見新買的靴子不知道什麼時候刮了一道痕。沒關係，我噙著眼淚對自己打氣，第一次都倒楣，第二次就好了。

離　家出走

Track 52

我盯著砂鍋裡的地瓜稀飯，冒著熱氣，全身警戒，一動也不動。沒這麼快熟，這樣在爐前罰站也沒有意義。我走到客廳瞄瞄電視，抹抹桌子，沉不住氣又走回爐前，打開鍋蓋瞧瞧，又蓋回去。

這鍋粥讓我焦慮，我盯著它，有什麼不太對勁。

我按捺不住，撥電話給廚藝一流的天母畫家好友。

「那個……你上次教我煮地瓜稀飯，就把生米、地瓜切一切，和水放到砂鍋裡煮就好了吧。」我生怕他嫌我煩、嫌我笨，輕聲問。

「對，通通放進去，慢火煮到熟就好。」他聽起來很冷淡，我想我打擾到他寫字畫畫了。

我不知所措，咬著嘴唇不說話。

「你打電話來到底要問什麼？」

「我……那個……」我終於說出來：「地瓜煮熟後，就會自己變成橘黃色嗎？」

他吸了一口氣。

「你現在放在鍋子裡煮的東西是什麼顏色？」

「藍紫色。」

他不說話。我也不說話，可眼眶紅了。

「蝦子煮熟會變橘黃色，地瓜不會。」

「嗯。」我的眼淚滑下來：「好，我知道，我只是需要你確認一下。」

接下來兩天我面對一鍋藍紫色稀飯，負責任地想吃掉它，食欲這東西很奇怪，暖暖的橘黃色就是比寒色系的藍紫色容易吞嚥。

多年前我收了幾件衣服與電腦，回頭跟我父親說，我出去住個兩天。

我那嚴肅的父親好像意識到什麼，開口問，只有兩天？

我匆匆穿上鞋怕他阻擋，稀哩呼嚕的說，也許更久一點。然後就跑了。

那之後我開始六年的一人生活。什麼都從零蛋學起。

我要過精神與物質上都能工工整整、自給自足的生活，一個人也能成家。我不要那種宿舍式的光棍日子，那像等著下一段美好人生開始前的過渡期。

雜誌上寫，計畫規律的生活作息，自己為自己下廚，自己操持好家務。我作了筆記。沒關係，就算我是家事弱智，勤也能補拙。雖然，什麼都好陌生，而我常感到怯懦。

我觀察到微波爐裡有一點一點棕色痕跡，很納悶。

我跟男生朋友喝咖啡，忍不住告訴他我對微波爐的新發現。

他的臉色開始變化，仔細看著我：「那個一點一點的，是你微波食物時濺出來的痕跡。」

「啊！真的嗎？」我恍然大悟，覺得他好聰明，咧嘴猛點頭：「對，太對了，我怎麼沒想到，那是食物痕跡。」

我問他：「那現在該怎麼辦？」

他說：「擦掉它。」

我欣喜若狂：「用布嗎？哈哈哈，原來微波爐需要清潔……」

那男生差點噴出嘴裡的咖啡。

有次冬天晚上洗澡，突然水不熱了。我冷到快哭出來，用浴巾包住自己，穿上大衣，跑去敲住在同一社區好友小琪的門。

小琪跟她男友開門，我一邊抖一邊說：「可以讓我在你們家洗澡嗎？」

洗完後我們在客廳喝熱茶。

她的男友問：「怎麼了？」

我說：「熱水器壞掉了。」

她的男友又問：「怎樣壞掉了？」

我說：「就水突然不熱了。」

她的男友說：「可能只是沒電了？不一定是壞了。」

「啊電……」我瞪大眼睛嘴巴大開十分震驚：「電……你說電……熱水器要用電？」

「啊你……」換成他們兩人瞪大眼睛，指著我：「你不知道熱水器裝電池？」

我力持鎮定，頭低低的。

可我又忍不住：「電池……裝在哪裡？」

我每週固定打掃。使用吸塵器的時候，發出轟轟轟的振動聲響。我的小小貓很害怕，盯著轟轟轟的怪物，露出警戒狀，又怕到躲起來。我吸完地，關掉吸塵器。小小貓躲在牆後觀察很久，終於往那靜默的怪物謹慎前進。然後小小貓倏地往前疾衝，跳高起來，伸出小貓掌，啪啪啪啪快速狂打吸塵器耳光。

打完後小小貓得意地離開。

我放聲大笑。小笨貓，跟媽咪一樣笨。

六年後我搬回家，趴在地上抹地板，換燈泡，煮湯。我的父母沉默中交換不可思議的眼色。

我到隔壁他們的屋子時，偷聽到父親低低對母親說：「她是不是一個人在外面住太久，腦子壞了，我剛剛過去看到她一直趴在地上跟貓講話……」

前女友

Track 53

我們變成哥兒們好多年後，有次我問他：「你第一次跟我單獨喝咖啡，當時是想追我嗎？」

「是啊。」他大笑。

「真的嗎？」我狐疑地看著他：「那你為什麼一直說你前女友的事情，還拚命說你多愛她，分手後你多悽慘？」

「通常，這招很管用。」他吞了一口啤酒：「女生會覺得我們彼此距離拉近了，會有種親密感與信任感。」

我瞪大眼睛：「真的假的？」

他點點頭，過了一會兒，換他瞪大眼睛了：「你是說……那天我就出局了？」

我頭垂下來，沒敢吭聲，先是哼哼然後嘻嘻笑著。

「真的假的？」他問。我站起來摑了他的後腦勺：「你一直講你多愛你前女友，你覺得我弱智嗎？」

我們安靜了幾秒鐘，兩人放聲大笑。

「原來我對你用錯招了啊！」我們碰了杯子乾杯，他笑不可抑：「奇怪，通常這招不會不靈的啊……」

一個男人如果不愛他前女友，我根本不信任他。可一個男人很愛他前女友，我第一個反應是拔腿就跑。

「你有病！」兄弟們罵我：「你去哪裡找一個沒有前女友的男人？你這樣子跟古代男人的處女情結有什麼不同？」

我聳聳肩。

兄弟喜歡講他們交往過的名女人。攝影師說他年輕時是某位藝人的初戀。那時候那藝人尚未成名，在夜店駐唱，他聽那女生歌喉極具爆發力，深受感動，他知道她日後一定走紅。他們轟轟烈烈，交往受到反對，那男生又說，唉，其實是自己不夠好，配不上她。

她真是個好女孩。那男生這樣說。

後來我發現，他幾乎跟每個人都說過這段。

還有一個寫字的男生，他學生時代跟一個歌星交往過。他說他為了這女生不顧一切，他也用了轟轟烈烈這詞，他的戀愛也遭到反對，兩人的戀情也絢麗悲壯，他們也不惜與世界為敵，他嘆了一口氣，他到現在仍會想起她。

我挑起眉毛問：「這麼愛，那為什麼會分開？」

這種故事好像都不能問後來，男生不喜歡承認是自己甩了對方，這樣子必須解釋自己為什麼劈腿，要不然就是承認自己沒有眼光。男生也不喜歡承認是女生甩了他，這樣沒面子。

「很複雜，你不懂的。」這是標準答案。

我疑心這是一種模組化的暗示或意識移植，讓女生覺得，他的女友都是明星這等級的，如果自己加入這個模組或集合，某種程度，自己也是那種類型的。除了明星，男生也常使用空姐或鋼琴家或教授或女強人，默默地植入關於美貌或是才華或是財力或是智力或是成就的不同模組化暗示。

想想也不能全怪男生，女生們在聊天的時候，會有人說起某男生；「你知道他以前的女友是空姐耶！」然後大家會哇一聲，那男生就立刻加分許多。偏偏我心裡的獨白常常是：「所以嘞？」就像有的女生會告訴正在追求她的男生，她之前的男友是小開，是ABC，是博士，或單純是「我以前的男友對我很體貼」，他會如何如何，某種程度是說「如果你想追我你也必須體貼」，並且也要如何如何的。

小美有天跟我說她的哥兒們，那男生是女人緣極好的建築師。那男生談心的時候講起前女友是某美豔女明星，兩人克服年紀、背景的差異，你們知道的，一定全世界都反對，一定愛得轟轟烈烈，一定悲壯的分開，一定到現在都還想念。

小美說，那男人與女明星之間是真的相愛。

我打了呵欠，問小美：「那男生交過的女朋友不是一卡車，有超過二十個吧？」

小美點頭。

「那二十個前女友裡，只有這個女明星是他唯一真的相愛的？」

小美遲疑了，重複：「他們是真的相愛。」

我問：「那其他的十九個都不是真的相愛了？」

小美本能地疑心我要攻擊她的好友：「話不能這樣說……」

「嗯。因為他只跟你說過這一個真愛，對吧。或者他跟你講過其他前女友，只是剛好講到這女生的時候，他會強調他們是真的相愛。」

我忍不住：「然後，只是剛好，真的只是剛好，她是女明星？」

小美不說話，我猜想她一定覺得我是壞人。

怕狗

Track 54

我母親怕狗，是那種莫名其妙，沒有理性可言的怕，就像有人看到鈕扣會整個抓狂一樣。路上有狗大老遠地晃著，她便微微發抖，喃喃自語，繞路而行或站在路上怕到不動。

我還是幼童時她便告訴我狗可怕，路上有狗出現，她便嗚一聲悲鳴，先往旁邊閃，然後想起什麼似地用力拖著我一起逃。母親是這樣的，她總要你喜歡她喜歡的，要你討厭她討厭的，要你愛她愛的，要你憎恨她憎恨的，她不想要的你都不可以要，她不飛你想飛的話她便剪了你翅膀。

因此我也怕狗，很怕很怕，我根本還不認識狗就怕狗了。

我幼時有一條大紅喇叭褲，跟大人去熱鬧的場合，便會換上大紅喇叭褲出門。有一次過年假期全家到住在仙洞的姑媽家，兩家人與那個社區的孩子、大人，都在那社區廣場樹下聊天。那是個有趣的社區，環著廣場周邊都是住戶，大家在廣場邊曬太陽說話。

我穿著大紅喇叭褲，自己走開，沿著那個廣場晃蕩，東張西望像戶口普查似地看看這家人的窗戶，那家人的桌椅。晃著晃著，在一家人面前停了下來，我開始發抖，那家人養了兩隻白色北京狗，正伸著濕濕舌頭哈哈喘氣。

我全身緊繃，拖著腳步，想安全地走過那兩隻小白狗前，但恐懼讓我腦子一片空白，最後僵直地站在兩隻狗前方，跟牠們對視。幾秒鐘後，我的求生本能發作，轉身拔腿就跑，可能是腎上腺素分泌反而刺激狗，兩隻狗發瘋似地狂吠追殺我。

廣場周圍的大人們發現了，我開始聽到男人的聲音大喊，狗在追小女生，也聽到女人的驚叫，我沒命地奔跑，絕望地聽到那狗吠聲離我愈來愈近，然後一切都結束了。狗跑贏我，兩隻狗一躍，張嘴狠狠命咬住我的屁股，我知道是因為屁股的疼痛，以及狗吠聲突然停止。

本來廣場周邊驚呼的大人，突然安靜了下來，沒想到，接下來爆發的是一陣陣大笑。

那畫面太荒謬。

兩隻長毛飄飄的白色北京狗，整齊地騰空離地，整齊地張嘴咬住小女生穿著大紅喇叭褲的屁股，屁股有兩瓣，兩隻白狗一邊一隻。

笑壞的狗主人走到我身邊，把兩隻狗弄了下來，一個笑不停的女人，把我牽回家人身邊。我的家人也在笑。而我放聲大哭。

此後我怕狗就再也不是莫名的恐懼，而有了真正基底與原因。

我跟母親一樣，路上看到狗就繞路而行。

好多好多年。

有次半夜回家，遇到也正要回家的弟弟一起走。遠遠地我看到一隻狗在家門口，停下腳步，開始發抖。

我抖到說不清楚：「狗……狗……」

「狗有什麼好怕的?!」我弟忍耐地問我。

奇怪的是，母親與兒子的互動大不相同，我母親怕狗，我弟卻從來沒受到影響。他對寵物與小孩極有魅力，走到哪裡狗貓小娃兒都會黏上來。

我對我弟絕望地搖頭。

我弟拉住我，不准我逃跑，逼我站在那隻狗面前。

「狗跟人一樣，小姐，人有好人，也有壞人。每隻狗也有不同的個性。」我弟弟像個大男人，沉穩、耐性、強勢，「你要做的不是害怕，你要做的是分辨。你要懂得分辨這隻狗是友善還是凶惡，跟友善的做朋友，離凶惡的遠一點，跟對人的道理是同樣的。」

「怎……怎麼分辨？」我快哭了。

「你對人怎麼分辨的？」

「你……你……」我語無倫次。

「小姐，看眼睛。」我弟弟把我的頭扭回去，「你現在好好地看著這隻狗的眼睛。」

我的好奇心終於戰勝恐懼，遲疑地盯著那隻狗，我看牠，牠看我。

神奇地，我全身一點一點地鬆了。

「感覺到了吧，那是雙友善的眼睛。」我弟感受到我不抖了。

我對狗長年的恐懼，一夕之間突然痊癒。

Lane 86

Track 55

颱風夜外頭大風大雨我們卻怎樣都不想回家，掛在吧台上，吧台客眼前一人攤開一張紙，拿起筆玩接龍。

一元復始。屎尿橫流。流金歲月。月滿西樓。樓下無人（打混）。人盡可夫。夫復何求。求生不得（還是打混）。德高望重。縱虎歸山（什麼東西啊）。姍姍來遲。大家趴在吧台咬著筆。

昏黃的小酒吧86巷，我們在這裡偶遇，我們是外面世界容不下的廢材，我們是一群被提著脖子送進社會但是還沒準備好長大的人。像城市裡一群無主遊魂，每晚在這邊笑鬧賭氣喝醉惡作劇，在這邊過人生的長假。

我人生正盛的七八年在這邊。那個時候，如果有天晚上，我們不能來這裡打發時間，看不到熟悉的屁股，多麼恐慌。

我們不在乎大家白天做什麼，也不曾真心要了解彼此，這種距離與漫不經心反而珍貴，沒有什麼深刻的連結，各自處理自己的迷惘，不需要直視痛苦也不須觸碰血肉模糊的傷口，這種距離反而適合作伴。

昏黃燈光與酒精，滿出來清乾淨又滿出來的菸灰缸。

多麼寂寞，多麼輝煌。

耶誕節、情人節與跨年夜，我們從四面八方游來。女孩們一排占領吧台，節慶儀式，先來一排 Tequila Shot，手背抹鹽舔舔咬檸檬，一口乾掉。乾掉之後再一輪shot，再一排 Tequila Boom，雪碧加龍舌蘭，杯墊蓋住杯口往桌上大力一放，碰聲四起氣泡上竄，精光之後大家繼續喝平常的威士忌和啤酒，這種排場明擺著就是求死過節。

我從廁所搖搖晃晃出來時大家剛好喊新年快樂，吧台邊邊的德國人漢斯應景地說，新年快樂，我對他吼，你騙人，新年根本不會快樂，明年根本不會比今年快樂。

第二天晚上，我們還是來報到，沒事一樣。

幽靈一樣夜半才現身，開車快到在大安區乘客就暈車的老闆，冷冷又幽幽地說，你們這群女生昨天喝醉了。

我賣乖地說，就算喝醉我也是乖乖上廁所回自己位子睡覺。

老闆說，你是上廁所出來就乖乖趴著睡，問題是，你每上一次廁所，出來就跑到不同桌睡，這裡每一桌你昨天睡遍了。

我記得拍電影女孩，她拿拖鞋放耳邊當手機打。

我記得兩個瘦扁的台大高材生，喝醉了爬上吧台唱德國國歌。

我記得中年楊大叔，噴女生香水，聖誕老人那樣請吧台客喝酒，他喝得不多勸酒一流，把所有年輕人灌得想吐。

一匹狼彪哥，指揮大家唱老歌。

一個陌生女孩吃了鋰鹽口乾，喧譁中沒人發現異狀，漢斯默默地一直添足她的水杯要她喝下。女孩恢復後，想解釋道謝又尷尬。漢斯說，沒關係，我有經驗。

一家情緒化的店。

一種彼此輕慢卻像互助會的權宜義氣。

我與新交的男友有天約會，晚上到淡水散步，風吹來的恍惚中，我極度想回到店裡，癮頭似的。

分開的時候，他親我的額頭，他說要去實驗室拿資料然後回家。我確認他走，然後飛似地伸手招計程車奔到店裡。上了吧台我看著熟屁股，傻笑並覺得安全。

正當我聽笨蛋與女孩互鬧，吧台出現熟悉的聲音，一瓶啤酒。我猛地回頭看見出現的走剛道別的男友，一口酒噴了出來。我們瞪著對方，心虛又惱怒，作賊與捉賊兩種心情交替。

你不是說要回家嗎？他的單眼皮看起來好凶。

你不是說要去實驗室嗎？我回他。

這家店有一隻大狗，叫 Kevin，牠是母狗。

牠會走到巷口，過新生南路，走到台大操場大便，又自己過馬路回來。

這些年，有人來有人走，我也曾離開又回來。

86巷結束營業的那天，失散的客人湧回店裡，狂喝爛醉，我們那段延遲的青春真正宣告結束。

Kevin 常對著無人街道狂吠，店裡的人以為發生了什麼事，衝出去，但那暗夜街頭什麼也沒有。

也許跟我們一樣，我們總是對著暗夜空曠、什麼也沒有的明天嘶吼。

人說青春美好，我卻怎樣也不肯回到過去。現在好，拿什麼交換我都不願回到以前的脆弱狂亂。

然而，那個昏黃酒吧，那段透過萬花筒破碎鏡面看世界的時光，我每次想起，總是鄭重而溫柔。

我想
我明白你意思了

Track 56

我們愛上的，都是不存在的東西，那就是為什麼我們做我們現在正在做的事。詩人將老，勉力高貴，摸摸我的頭。他說，瞧瞧我們變成了什麼，愛情的乞丐，死亡的天使。他喃喃低語，我是無用之人，做的都是無用之事，此後我決定繼續當無用之人。

詩人別說了。我明白，我寫下的這一切，都是對虛妄的執著。

心裡的那個黑洞，怎麼也好不了，那應該也是假的，是基於對幻想的戀慕而生的暗影。

但因為我們是無用之人，我們還能為大街某個女人趾高氣昂的臀部衷心微笑，為一個男人高抬的下巴發噱。

聰明在這世上多麼不經用，善良多麼容易折舊，溫柔根本不合時宜。

這一年來一字一字寫下來，原本以為是漫長的告白的，如今看來卻像是漫長的告別了。這樣也好。

我的朋友東尼最近死了，他是藝術家。我們第一次見面是他從紐約來台舉行個展，我想寫篇文章。健談的他說起自己的作品卻扭捏閃躲，迂迴地漂來漂去。我不高興了，對他說，我很認真的，你也要對我認真一點。東尼說，我不知道要怎麼談，太私人也太難受，我又不想編一套道理去說。後來我開始寫東西後也體會到這點，但那時候感到挫折。

我把房間門關了起來，轉身怒視。我對他說，你不說清楚，我不走，你也別想走。

這個大我二十多歲像熊一樣的中年大個兒，摸摸棒球帽，看著我笑了。

東尼告訴我他年輕時候曾在紐約一家精神療養院工作，他在裡面擔任類似治療師的職務。那裡的人不是可怕的殺人犯或暴力患者，他們只是什麼地方壞掉了，但看起來仍然平靜。回不去了，卻也不會傷天害理。

有一個病人每天都去碼頭坐渡輪，從療養院所在的長島搭船到曼哈頓。他每天上船，每天又回到原點下船。

東尼問他，為什麼每天去坐船。

那病人說，他聽說只要往西邊去，一直走，就可以到外面的世界，也許他就可以到家。

可那病人不知道，那班渡輪是固定往返於兩個定點的。於是，他耐心地每天坐渡輪，只能來來回回，終究只能回到原點。

我現在還能清楚地想起東尼畫中特有的、層層疊疊不規則的筆觸與顏料堆疊，宛如雕塑，這中間會有個小人。你見到一個小小拳擊手彷彿對空打著永遠看不見的敵人，你見到小小鳥雀總是飛不出那個迷麗複雜的樹叢。

一切徒勞，一切都回到原點。縱使那可能多麼美。

我們都一樣。無用之人做無用之事。

文學、藝術、音樂，改變不了一個錯誤，阻擋不了一個災難，挽救不了死亡，無法讓遭遺棄之人被愛。

賣火柴的小女孩在冰天雪地裡赤腳瑟縮，手腳都凍得泛青。她點燃第一根火柴時，小小柴火對她來說簡直暖得像爐火。她點燃第二根火柴，牆面因火光變透明，牆內是鋪有白色桌布的餐桌，上頭有肥大的烤鵝，刀叉齊全。火柴熄掉，她身邊只有深深的黑暗與厚厚的積雪。

小女孩點了第三根火柴，她見到自己坐在繽紛的大聖誕樹下，要比她平日偷偷張望富商家裡的聖誕樹更漂亮。幾千個彩色燈光，當她伸手觸摸，那些閃閃亮亮的燈光卻愈飛愈高，高到天空成為星星。

她見到其中一個星星掉了下來。

有人死了。小女孩想起死去的祖母告訴她，一顆星掉下來，代表一個靈魂上去了。

小女孩又點了一根，這次她看見祖母，那是人世間唯一愛過她的人。小女孩哭了。帶我走，帶我走，不要像聖誕樹像烤鵝那樣消失。於是她點燃了一根又一根，她不能讓她消失，拚命留住唯一的愛。

偏偏我們愛上的，都是不存在的東西。

就像賣火柴的小女孩，我們要留住幻覺，代價是死亡。

關於那些讓人流淚的，愛的失落，家的幻滅，從此漂浮無依的恐懼。詩人你不用擔心，我總會笑盈盈地眨著眼對大家說，沒問題的。

INK PUBLISHING
文學叢書 333

老派約會之必要

作　　者　李維菁
總 編 輯　初安民
責任編輯　丁名慶
視覺設計　空白地區
美術編輯　林麗華
作者照片攝影　鄧博仁
校　　對　丁名慶　吳美滿　李維菁

發 行 人　張書銘
出　　版　INK印刻文學生活雜誌出版有限公司
新北市中和區建一路249號8樓
電話：02-22281626
傳眞：02-22281598
e-mail：ink.book@msa.hinet.net

網　　址　舒讀網http：//www.sudu.cc
法律顧問　巨鼎博達法律事務所
施竣中律師
總 代 理　成陽出版股份有限公司
電話：03-3589000（代表號）
傳眞：03-3556521
郵政劃撥　19000691　成陽出版股份有限公司
印　　刷　海王印刷事業股份有限公司

港澳總經銷　泛華發行代理有限公司
地　　址　香港新界將軍澳工業邨駿昌街7號2樓
電　　話　(852) 2798 2220
傳　　眞　(852) 2796 5471
網　　址　www.gccd.com.hk

出版日期　2012年9月　初版
2016年1月25日　初版十六刷
ISBN　978-986-5933-36-4

定　價　280元

Copyright © 2012 by Lee Wei-Jing
Published by INK Literary Monthly Publishing Co., Ltd.
All Rights Reserved
Printed in Taiwan

國家圖書館出版品預行編目資料

老派約會之必要 / 李維菁著；
--初版，--新北市：INK印刻文學，
2012.09　面；　公分（文學叢書；333）
ISBN　978-986-5933-36-4（平裝）
848.6　101016731

版權所有・翻印必究
本書如有破損、缺頁或裝訂錯誤，請寄回本社更換